Focus

Focus

小野寫給山海的生命之歌

走路回家

小野 著

CONTENTS

目次

千里步道序曲 …… 004

輯一 生命的長路

1 療癒之路（二〇〇六～二〇〇八） …… 008
2 流浪之路（二〇〇九～二〇一一） …… 029
3 救贖之路（二〇一二～二〇一四） …… 046
4 自由之路（二〇一五～二〇一七） …… 076
5 覺醒之路（二〇一八～二〇二一） …… 091

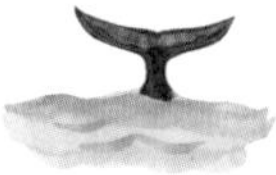

輯二 島嶼的歸途

6 鯨魚之歌——山海圳綠道之一 …… 114
7 田園之歌——山海圳綠道之二 …… 130
8 阿里山之歌——山海圳綠道之三 …… 152
9 相遇在步道，如久別重逢的樹——淡蘭古道的聯想 …… 169
10 浪漫、溫柔的樟之細路 …… 206

附錄 小野帶路走讀

・新手推薦路線 …… 250
・延伸書單 …… 257

千里步道序曲

很小的時候我就害怕死亡，覺得人既然會死，為什麼要活下去？

上了小學之後我又有了新的疑惑，為什麼老師說的話，全班只有我聽不懂？

再大一點，常常聽到爸爸很焦慮地告訴媽媽，我們住的房子要拆了，八口之家不知道要住哪裡？

後來的疑惑更深了。因為常常聽到四周的大人互相詢問：「什麼時候回家呀？」他們口中的家，是美國或是其他地方，不是台灣。

終於有一天我離開了台灣，去到遙遠的美國東北部紐約州水牛城讀書，那是我第一次離開台灣。當我決定返回台灣時，一個和我一起出來的同學語重心長地對我說：「不要回去，那個地方終將不屬於我們的。」

我沒有聽同學的勸告，還是回來了。回來時特別繞了一段很長的路程，順便去拜訪幾位老師和朋友，告知我的決定，因為他們是我在乎的人。

這段回家的路程真的很長。從紐約的水牛城經過俄亥俄州的克里夫蘭、芝加哥，往南經過密西西比河到聖路易。從平原逐漸進入起伏的丘陵地帶，然後到奧克拉荷馬州的土爾沙，橫跨紅河，最後到達德州休士頓，一共花了四十五個小時。在休士頓生活工作了一陣子，再沿著墨西哥邊境往西行，橫跨美國西部片中的沙漠和荒涼的小鎮，沿著十號公路經過聖安東尼奧、奧桑那、蕃角市、愛帕索、進入亞利桑那州的塔克山，轉八號公路到亞馬，過了亞馬便是加州，到了加州就離台灣更近一點了。

回家後的人生彷彿歸了零，一切重新開始。這是一條漫長的路，一條自我追尋和認同的路。我拍電影、做電視、寫小說、不斷尋找台灣生命力、努力建構台灣人民的歷史，甚至走上街頭爭取一個更好的未來。一晃四十年過去。

我終於明白過去的疑惑了。那是因為我們所賴以生存的島嶼是被長期禁錮的，它四周面海，但是不能靠近；它的中央都是崇山峻嶺，但是也不能走進去。一個全是高山的島嶼，不能夠航向海洋，也不能走入山林，那麼還剩下什麼？

其實我們要做的一點也不難，只是要恢復我們本來的面目而已，不是嗎？

有一個夜晚，我坐在中正紀念堂的廣場，聽著肥皂箱上的女歌手唱著一首蕭泰然作曲、林央敏作詞的歌《嘸通嫌台灣》，當我聽到：「咱若愛子孫／請你嘸通嫌台灣／也有田園也有山／果籽的甜／五穀的香／乎咱後代吃未空……」時，再也忍不住嚎啕大哭起來，因為我忽然想起，我已經有孫子了，我終於在這個島國建立了自己的家園。

這條道路竟然花了我幾乎一輩子的時間在追尋，那麼簡單，卻又那麼艱難。

這正是我的千里步道，一條條可以走入山林，也可以走近海邊的步道，甚至可以自己用雙手做出來的真真實實的步道，也是我這輩子自我追尋和認同的道路，透過療癒、流浪、救贖、自由和覺醒的過程，一步一步走向了一個可以完全接受自己，一個更完整的人。

我的思念，我的牽絆，我的夢想，我的幸福，我的快樂，我最在乎的，都在這個美麗的島國。

我真的回到家了，一個自己參與改變的理想家園。

輯一

生命的長路

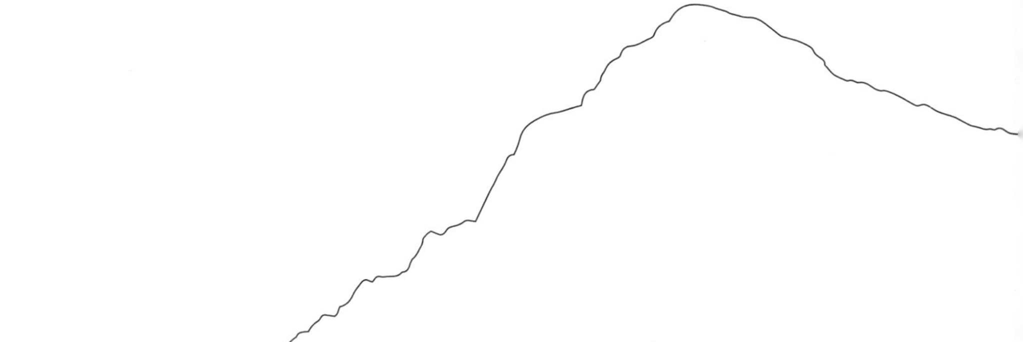

Chapter 1

療癒之路（2006～2008）

是夜，他緊依父親，攬擁著他睡；隔日清晨轉醒，
父親身軀已冰凍、僵硬。他獨坐許久，默默淚流，
其後起身，穿越林木步向大路；再回返，跪坐父親身邊，
牽握他冰涼的手，一遍遍複述他名字。
——《長路》（*The Road*）
戈馬克・麥卡錫（Cormsc McCarthy）

1 山頂茗廬的倡議

那天清晨搭車來到花園新城，這個曾經創下許多傳奇故事的社區。我並不知道這趟行程正是生命中另一個傳奇的開始，我只是一個受邀者。

在過去的生命經驗中，這種事情常常發生在我身上，我一直相信奇蹟這件事，所以很少拒絕這種邀請。不能夠倡議什麼，至少當個「追隨者」，或是「實踐者」。

來到了花園新城永福路一百號的「山頂茗廬」，黃武雄、徐仁修、周聖心、李偉文等人都來了。還有一個公視的紀錄片

導演古國威，他是我在五股國中擔任實習老師時的學生。他嗅覺靈敏，從來不會放棄歷史時刻，後來他果然完成一部叫作《那裡有條界線》的紀錄片。

歷史上的這一天是二〇〇六年三月十五日，驚蟄過後第九天，距離春分尚有六天。我在當天的日記上寫：「這是一次台灣良心的集合。」

其實這一年的春天，我又蠢蠢欲動了，一場又一場翻天覆地的改變即將陸續上演。我的生活和工作也起了巨大的變化。我在二十五天前才剛剛「考」上華視公共化後第一任總經理，在放榜當天晚上，我就後悔了。我似乎已經預見這個結果對我而言，不是人生的高峰，而是一次大浩劫。

我和黃武雄老師是在一九九四年那場教育改革大遊行中認識的。那天他忽然打電話給我，希望我加入四一〇遊行隊伍，並且做一個短講。我不但去了，而且家人們都陪伴我上了街頭。記得我當時在台上演講時相當激動，我控訴當時瀰漫在校園裡的體罰，我聲嘶力竭地說：「要孩子們蹲下身子學青蛙跳，然後要同學用棍子打腳。我們是人，又不是狗，我們的孩子不要像狗一樣被對待。」主持人楊茂秀看到我如此憤怒，有點打圓場地笑著說：「哎喲，青蛙和狗也不能隨便打呀，牠們也有動物權呢。」

那是一場撼動台灣社會的大遊行，之後台灣政府部門就啟動了教改工程。不管後來的發展如何，的確在那一刻起，台灣的社會漸漸接受另一種不同於體制內的教育。之後黃老師罹患了重病，可是他的信心堅定到令所有的朋友都動容。他寫信給朋友們告知這件事，並且建議大家看一本描述癌細胞生長的書，並且安慰大家說，如果有十萬分之一的機會能夠存活下來，他就會是那個十萬分之一的倖存者。之後他就改變生活方式，用更多的時間遁隱山林。

十多年後政黨輪替了，但是他又更憂國憂民起來，於是又找上了我。這回他告訴我為什麼會想再找上我，原因是他看到我在一九九〇年策畫及撰寫的紀錄片《尋找台灣生命力》，他相信我是真正在乎這些事情的人。

千里步道運動一開始啟動的核心概念是重建大地倫理，恢復生態平衡，希望澈底解決這些年政府把山林步道水泥化、山徑隨處架設路燈、濫用除草劑等問題。期待透過這個運動，把台灣的步道、古道串連成一個路網，然後逐一保留或修復沿路的歷史建築和文化景觀，這樣的運動由點到線，最終目標是社區、村落、鄉鎮，事實上這些事情一直都有人在呼籲，也有人在努力實踐。但是我們想透過一個可以打動人心的公民運動，整合民間和政府部門的力量。

黃武雄老師也是社區大學的推動者之一，他相信由下而上的公民力量，所以希望把這個概念丟出來，集眾人智慧和力量來討論，看看會有什麼結果。於是黃武雄、徐仁修和我便成為這個運動的發起人，周聖心成為這個運動的執行者，大家都不知道下一步會走到哪裡，但我知道，至少這兩年我因為媒體工作關係，至少可以扮演鼓吹者、說服者和媒體傳播者。

我信心滿滿地對幾位夥伴說：「還好我考上了華視，可以在這個運動正要啟動的時候好好報導一下。這也是整個公共廣播集團的責任吧。」

距離我去華視上班還有半個月，我正密鑼緊鼓地尋覓可以跟著我去打仗的夥伴。我把每一次上班的機會都當成是一場戰爭，我明白自己是一個需要戰場的人，我依賴戰鬥來肯定自己。即將來臨的這場戰役其實是一場必敗之役，改變我後來的人生，我幾乎被澈底摧毀，體無完膚地離開。

2 千里步道啟動大會

二〇〇六年四月二十三日，穀雨後第四天，清晨下著滂沱大雨，埋首於忙碌的電視台上班生活，已經忘了這場雨是怎麼開始的。我們終於要踏出千里步道的第一步，計畫在新店女童軍活動中心舉行宣誓啟動大會。我仰望天空，雨勢如此大，怎麼辦？

這是我接下華視總經理的工作的第三十八天，媒體用「王子復仇記」來形容我的所有行為。四年前我放棄很高的年薪，用《神鬼戰士》的「悲劇英雄」心態離開台灣電視公司，想用犧牲自己來換取未來公司內部改革。傳說中《神鬼戰士》是用和「羅馬皇帝」在競技場上決鬥，雙方同歸於盡來恢復共和體制。事實上，這是非常幼稚而可笑的想法，這個公司沒有因為任何人離開而有所改變。但是，我卻靜靜等待著復仇的時機。

想當英雄根本是一種自虐行為，尤其是嚮往當自我犧牲的悲劇英雄。四年後，時機終於到來了，我又自詡為「亞瑟王」，帶著一群「圓桌武士」攻進城堡，回頭看，我還真病得不輕，因為，沒有人會想要當你的圓桌武士，他們要的只是一份工作而已。

短短的三十八天，因為太過急躁及粗魯的改革，引發一連串的衝突和風波，媒體也跟進一起煽風點火，三天兩頭都是頭條新聞。內心充滿仇恨的我踏出錯誤的第一步，如果有機會，我很想要向當初那些被我傷害的人深深一鞠躬，說聲對不起。

窗外的雨聲滴滴答答，漸漸停了，天晴了，何先生開車載著我和兩位同事一起出發去新店，其中一位是新聞記者，另一位是行銷部的子元。新聞部已經規畫在華視新聞雜誌製作一集〈千里步道〉，也會持續報導這個才剛剛起步的生態環境運動。這是我對千里步道運動的承諾，我透過自己的力量進行宣傳。我在這一天的日記上這樣寫著：「所有加入這個運動的傻瓜們都來了。」在社會上推廣環境生態保育、教育、旅遊的組織很多，但是需要一個運動將大家串在一起。

另一位共同發起人徐仁修，很喜歡說一個他在十歲時候的經驗。他說當時他走在山陵的半途中休息，忽然看見一對環頸雉在芒草間散步，陽光照著牠們色彩豐富、閃著光澤的羽毛。這個畫面他一輩子都記得，或許也因為這個畫面，使得他後來走上這條環境生態的保護之路。

這個運動的執行者周聖心原本在人本教育工作，也參與了社區大學的創設。我認識她很久了，一直很好奇她的成長歷程，為什麼會選擇這麼不一樣的工作和生涯？她在大學畢業後回到花蓮，每個星期會去新城兩次，協助當地小孩寫功課。她回憶說，在那條長長的台九線上，太平洋的風在耳邊呼嘯。她認為自己是一個濟弱扶傾的小女俠，正趕赴著一場又一場孩子們的盛宴。想要教他們十八般武藝，拉近和城市孩子的課程。冬天奔馳在台九線的暗夜裡，會有一種刺骨的寒風，像是夢境。夏天上完課之後，她會繼續往山裡面走，那是一段遙遠又幸福的日子。她現在所做的工作，彷彿就在延續這種幸福，不希望消失了。

3 漢順上學之路和大學同學們的初戀之路

夏天來臨了，千里步道運動透過智庫沙龍的方式，聚集眾人智慧和經驗討論下一步的行動綱領。像第一次的討論就是由東華大學蔡建福教授擔任引言人，探討英國的鄉村保護政策，這是一個由下而上的公民運動模式，使這個運動可長可久。

大家決定在夏天南北同步進行一次步道的體驗，北部「漢順上學之路」由新店、屈尺到龜山，南部就是赫赫有名的阿朗壹古道，從台東南田走到屏東旭海。這樣的選擇，標示了步道運動的兩個方向，一個是個人的生命經驗，一個是追尋祖先遷徙及生活的軌跡。

當天我參加了北部這一條「漢順上學之路」。在烈日下，來自四面八方的人齊聚碧潭渡船頭，從這裡搭船沿新店溪而上，走了一段水路，再走上山徑，最後經過了屈尺，這個我曾經最迷戀的地方。是我們大學時代最常露營、野炊、划船、大聲唱歌、通宵達旦，最後終於談戀愛的好地方。那一帶有青翠的山和清澈的潭水、溪流，經常處於山嵐雲氣迷迷濛濛的氛圍。

我對於那一帶的山路水岸很熟悉，這是高中時期和我的死黨鹽巴，利用暑假「經營」露營生意所換來的難得經驗。鹽巴是一個很有生意頭腦的童軍團成員，他負責規畫所有營帳、食物準備及學員招募，我負責節目的設計和主持。至今我仍然記得如何划船到對岸的市場買菜和豬肉，教學員如何搭帆布帳篷、如何野炊。到了晚上最高潮的營火晚會，我還要赤裸著上身，頭上插一根羽毛，跳著自己發明的野人祭祀舞，大家拍手唱著歌曲《營火興旺》。鹽巴也把自己全身上下塗滿五色油彩扮演酋長，帶動大家玩童子軍的遊戲。

在三天兩夜的活動結束，營火漸漸熄滅時，我會朗誦一首自己創作的詩〈等待久別重逢的時候〉：「當月亮升起時，我們將再回到這裡，回到母親的懷抱。再聽一次母親的呼喚。河流、野地、天空，就是我們原始的母親。每一個人最後都要回歸大地，回到久別重逢的母親懷抱。」鹽巴會在一旁放些有薩克斯風伴奏的美國鄉村民謠，像是〈情不自禁愛上你〉（*Can't Help Falling in Love*）、〈綠草如茵的家園〉（*Green Green Grass of Home*）、〈月河〉（*Moon River*）。臉上閃耀著營火微光的少年們總是會流下浪漫的眼淚，而我也是朗誦一次哭一次，我覺得再也沒有比在溪畔野地，帶著火光和淚水的青春臉龐更美麗動人的畫面了。所以上了大學之後，雖然少了鹽巴，但是我仍然延續著這樣的浪漫心情，踏著熟悉的山徑，帶領大學同學們來到屈尺露營。

那時候的露營非常辛苦，厚重的帆布營帳和工具，光是用抬的走進山谷就要花上好幾個小時，尤其是抵達營地後覺得不理想，又要更換地點，大家一路上吵架。然後，在這種迷離詩意的環境下生活下來之後，大家都戀愛了，也包括我自己「情不自禁」地愛上了一個女孩，在「綠草如茵」的野地，在「月河」畔。那是我的初戀，屈尺也是。還有和那個女孩一起看的《雪山盟》（*The Snows of Kilimanjaro*）和《落花流水春去》（*Charly*）這兩部電影，它們也是跟著我一輩子都揮之不去的初戀。隨著歲月的流逝，這兩部電影給我的悸動反而變得更強烈。

上了大學之後，我們一起出遊或是採集標本的地方，更是沿著新店溪溯河而上，不只是屈尺、烏來，也會走到上游的北勢溪和更深的山谷，像是鸕鷀潭、濛濛谷、太陽谷等。

當翡翠水庫興建之後，這些地方都被淹沒了，就像是我們這一整代年輕人的青春記憶，隨著時間和地貌的改變，一去不復返。我們曾經在那些山谷中大聲合唱的歌，依稀在那些山林翠谷間回盪不已。

我會一直記得那首自己在營火漸漸熄滅時朗誦的詩〈等待久別重逢的時候〉。在後來的人生道路中，我的大學同學們因為都在教育界，所以很容易相遇。有個同學畢業後教了五年書，又再重新考上醫學院，後來成了知名的婦產科醫師。當他去美國深造時，得到不少在研究機構工作的同學協助。他感念同學們的情義相挺，鼓吹成立了一個全系，甚至全校最有凝聚力的同學會。甚至在半個世紀後，還會一起在旅遊途中，合唱著當年全校合唱比賽得到第二名的歌〈聞笛〉。如果聊起大學時代記憶最深的事情，都是屈尺、濛濛谷和鸕鶿潭的旅遊。大部分地方都已經埋在翡翠水庫底下，可以流連徘徊的，現在只剩下屈尺。

千里步道運動選擇踏出的第一條步道，使我再度和屈尺相遇，和十九歲的自己重逢。我也終於明白自己為何會用盡一輩子的力氣來寫作，一本又一本，其實，是一直無法捨棄那種一生只會有一次的初戀的感動，也希望讓讀者有一種久別重逢的感覺。

除了寫作，現在多了一件事可以留住那種久別重逢的初戀感動，那就是走路。是的，就是走路，不停地走路，用自己的生命經驗去看看不一樣的風景，不一樣的世界，也繼續充實了自己的生命經驗。

4 相愛從零公里開始——想像一百年後的台灣

這次大家興奮地集合在台大校門口，千里步道運動宣布在全台灣各地一起出發。11月11日，象徵人用來走路的兩條腿。天空陰陰的，地上濕濕的，看起來是躲不過一場大雨。最近幾次的活動都遇到下雨，回想起來，其實這些雨，是一種祝福。

有一本法國小說《相愛從零開始》（*Kilomètre zéro*）用一條法國知名的百年步道作為小說的場景。故事描述一對夫妻離異後，關係變得相當疏離的父子，如何從頭開始建立互信和互愛的故事。醫師爸爸想利用一個月的長假，帶著班傑明去走一條有三百公里長、穿越大半個法國的百年大健行步道。當他們從零公里開始走的那一刻起，班傑明就開始抱怨，一下嫌襪子太大，一下又嫌背包太重，恨不得弄斷自己一隻腳，這樣就可以舒舒服服地躺在醫院裡，悠閒地看電視看個夠。

隨著公里數一直增加，父子之間的對話也不停轉換。從有一搭沒一搭的學校功課等無聊話題，到互相提醒聽貓頭鷹的叫聲，最後竟然聊起陽光和風的味道，父子漸漸走進了彼此心靈深處。甚至父子已經不用對話，只是蹲在池邊看著蜻蜓飛舞點水，就能夠感受到心靈的悸動。

父子倆最終到達終點時，最快樂的感覺是就只有彼此兩個人在一起。父子相愛的長度從零公里到他們共同走完的三百公里，用兩隻腳一起走路，改變的是內心，還有靈魂。

想像著一百年後的台灣，有個教歷史的老師帶著小學生們走在百年前台灣人所串連成功的環島千里步道上，很驕傲地告訴學生們說：「根據歷史記載，一百年前的那一天，雖然有些台灣人因為歷史經驗的不同，彼此抱怨著、討厭著。但是也有另外一群人決定一起牽手，走這條千里步道，希望一切都從零公里開始。」「老師，一百年前的台灣發生了什麼事嗎？」有學生這樣問，老師想了想：「其實也不算什麼大事。台灣在那年夏天，社會進入一種燃燒的情況。百萬紅衫軍上街頭抗議第一次政黨輪替後的總統貪腐。雖然這件事對台灣在自由民主的發展路程中造成很大傷害，但是，這條已經被打開的自由民主之路從此就一直向前邁進了，誰也阻攔不了。」

5 山坡上有四棵桉羅樹的地方──二〇〇八年五月，終於踏上療癒之路

神鬼戰士死了，亞瑟王離開了烽火連天的城堡，有一種被放逐的失敗感覺。《王子復仇記》中的哈姆雷特一直被父親的鬼魂折磨著，連續幾個失眠夜，又熬到天亮了，但是黑夜並沒有過去。他在黑夜中彷彿聽有人呼喚著：「孩子，我是爸爸。」

爸爸，爸爸，這兩個字何其沉重？永遠記得爸爸一再提醒我說：「不要睡覺，因為人死了，就可以一直睡了。活著的時候盡量不要睡覺，而且對四周要提高警覺，壞人隨時會攻擊你。」從小我對於睡覺充滿了罪惡和內疚，但是現在我很想很想睡覺，因為我真的好累好累。我現在喜歡一個人睡覺，把自己縮成一個嬰兒，回到母親的子宮內。

這時我看到了一個高大穿著白袍的人影，逐漸走向了我，他是我的心理醫生，他的聲音在空氣中飄浮，隱約聽到他這樣說著：「你的情緒是分離的，你習慣壓抑掉自己的痛苦，全力掩飾自己的內在。你輕易就向陌生人坦白你的隱私，交出所有權。你說話又急又快，一直活在巨大的壓力之中，但是卻感覺不到你真實的情緒和內在的思想。你完全被另一個人，或是一群人占據心靈，他，或是他們，一直用各種方式在監控著你。」

從外表上看起來，我是一個從容不迫、信心十足，甚至常常妙語如珠逗得全場開心大笑的幽默作家。和我相處久了更會發現，我是一個少見的溫和、善良的人，老實到近乎傻笨的程度。更誇張一點的形容是，任何人都可以輕易牽著我的鼻子走，因為我擁有木偶奇遇記中小木偶撒謊後就變長的鼻子。

但是，牽著我鼻子走的人其實更危險，因為小木偶的內心深處充滿一種莫名的憤怒和仇恨。那種憤怒和仇恨是從小一點一點累積的，他覺得自己活在一個不公不義的世界，充斥強欺弱眾暴寡，所以他對於推翻現狀、改變世界充滿了狂熱，追求復仇的快感。他活著的動力來自憤怒和仇恨，而不是愛。或許是因為他的雕刻師爸爸，在雕刻小木偶的同時，把他自己的恨意一點一滴地刻進了小木偶的靈魂深處。

我正是小說《長路》中，追隨著父親在世界末日來臨時，尋找最後一線生機的孩子。當父親終於凍死在樹下，孩子獨坐許久默默淚流，其後起身穿越林木步向大路，摸索著自己未來的道路，內心充滿了恐懼和憤怒。我恍恍惚惚地走在山坡上，山坡上有四棵高大台灣梭羅樹。我最先遇到了一個叫作比昂（Wilfred Bion）的陌生人，他悄悄地對我說了一些充滿哲思的話：「這是祕密，有幾個字過於內向，當年沒有跟著記憶一起逃出來。羊皮史書只好記載，有幾個失憶的文字，可能都受傷了，還需要透過夢與夢想來找到它們。」

我一直想著心理分析大師比昂說的話，什麼是我失憶的文字？我被什麼蒙蔽了雙眼？擋住我繼續前進的又是什麼？比昂相信人是可以忍受痛苦和挫折的，當人可以和痛苦與挫折共存，而不是逃避時，真實便會浮現出來，當我們能夠面對真實時，心理才能得到真正的成長。否則我們就像是遺失了通關密語的人，永遠無法走進自己內在通往森林的小徑。

我又想到十九歲時和女孩一起看的那兩部電影，想到《雪山盟》裡那隻死在山頂的豹，和《落花流水春去》裡的白癡查理。那隻豹為什麼會爬到山頂？「為了追求理想和目標。」女孩用堅定的眼神這樣說。「我認為牠只是因為追逐獵物迷了路。」我是這樣想的。

而《落花流水春去》裡的白癡查理呢？為什麼要讓他變成天才，然後又發現自己終究會回到原來的白癡狀態呢？「人不能違背天意。」她如此解讀，而我耿耿於懷的，其實是查理曾經有過一段和他的醫生安娜相知相惜的愛情，和企圖扭轉命運的奮鬥。誰會是我生命中的治療師安娜呢？

女兒完成了在義大利的學業返回台灣，她送給我一本旅行用的筆記本，鼓勵我出去旅行，她說有時候走遠了才能看清楚自己內心的渴望。於是我答應了一場很特別的邀約，是一趟專門招待直銷推銷員的郵輪之旅，我的任務是發表演講。後來我才發現，我每次演講都只是一次公開的心理治療，站在台上的我，仍然只是一個病人。

6 亞得里亞海上的超級推銷員

當郵輪穿越亞得里亞海，當船身如同輕微地震般搖晃時，我正準備面對郵輪上四百多個超級推銷員。我安靜下來，整理自己放在腦海中的許多故事，對我而言，這並不太難，台下的聽眾瞬間成為我的心理醫生。

人可以藉著旅行航向很遙遠陌生的地方，可是人也可能一輩子都沒有能力或勇氣航向自己內心最深處，或許那才是一個我們自己最陌生的地方。上了高中之後的我，其實活得很扭曲。內心渴望愛，卻又裝作玩世不恭的模樣，對世間的情感反應冷淡。我不接受真實的自己，也不認同真實的自己，我讓自己活在許許多多的框架和教條裡。我嚮往當一個不是真實自己的我，一個假的我。這樣的假我，在上了大學之後的第一次戀愛，很快嘗到了苦果。更真確地說，我根本不知道如何去愛一個人。我們在一起就吵架，她很快就提出分手了。從此有很多年，我不敢再嘗試愛情。

爸爸在我從小到大的日記本上寫滿「這應該」「不應該」「這樣對」「那樣錯」，我們總是被提醒有些禁忌不要去碰，像政治，像愛情，當然也包括性。一切被歸類是頹廢墮落的事，像跳舞、抽菸、喝酒、旅行等都不是值得鼓勵的事。

肢體不解放，不敢輕易擁抱別人，內心許多欲望都被捆綁，只有一種欲望是被鼓勵被讚美，那就是壓抑掉所有不被允許的欲望，積極讀書和工作，做個「有用」「有出息」的人。說穿了，就是漸漸失去感覺的機器人，更嚴重一點，就是成為工具。我們戰後出生的這一整代的人，多得是這樣的人，根本不知道自己喜歡什麼，要做什麼。

我很想要和台下的推銷員們分享自己這種航向內心的過程，但是我得先找到一些笑中有淚的童年故事作為開場。我像是拉著一個玩具百寶箱的小丑，走向人群想要取悅觀眾，我的百寶箱裡有魔術師爸爸留下的許多帶著魔法的玩具。也就是一個又一個可以使人大笑之後，發現故事本身其實很悲傷，於是在大笑之後又會流下眼淚來的回憶。我反覆用嘲諷譏笑的口氣說著爸爸和孩子們之間的故事，很多人聽到的卻是同情和理解。

研究「藝術創造力」頗有心得的漢娜・西格爾（Hanna Segal）和另外一位心理醫生赫伯特・羅森費爾德（Herbert Rosenfeld）曾經說過這樣一段話：「藝術家很可惡！憑什麼擁有操弄人心，讓人又哭又笑的力量？我猜他們的右眼微笑成一條線，開放深刻美好的陽光進去喝下午茶；左眼則在醜陋祕密的黑暗裡，睜著大眼等待痛苦與焦慮，要人生把戲，汗珠與淚水一起出場打混。」

正當我搭著郵輪在海上漂流時，女兒正在爬著玉山。

7 或許你走在最後，才看得到帝雉——女兒的玉山書簡

女兒從米蘭回到台北之後，和我相處的時間變得愈來愈多。我結束在華視的工作後，常常和她在龍潭的渴望村騎車，躺在草地上聊天，她正在寫她的奇幻小說，描寫一個無用武之地的英雄的故事。

有一天我告訴她《動物之神》（*The God of Animals*）的故事：「馬場男主人欺負賽馬的方式，先是在馬背上放下一個很重的馬鞍，然後騎上去連續打牠好幾小時，迫使牠繞著圈跑，讓牠精疲力竭腰痠背痛。還有一招就是用韁繩綁住馬鞍的側邊，硬是將牠的頭往一邊扭轉，讓身體彎成半圓，讓牠動彈不得，留牠在烈日下曬太陽。有一隻叫作寶貝的馬在這樣的訓練中，身心受到極大的傷害。但是牠一直忍耐，等待反擊的機會。我一直覺得自己就是那隻叫作寶貝的賽馬。」

她平靜地聽著我的敘述，眼神閃爍著光芒。我們的角色已經調換了，她像是一個非常了解我的心理治癒師，斷斷續續地開了一些藥方給我，也想要讓我了解她們的世代：

「你說你像一隻不肯屈服的野馬，但是我卻覺得是你自己立定的許許多多目標、戰役，往自己身上套馬鞍，驅策自己要勝利。現在你總算解下束具了，幸運的話，順便連同你的鬥性一起解下。祝福你從此之後，真正的自由了。」

「你可以不用再自哀自憐，或想像自己在打一場偉大的戰役。不如去和老朋友打打球吧。關於未來，應該輪到我們這一輩來勾勒壯麗藍圖了吧？」

「你獨處時的笨拙，會不會只是代表著你沒有一顆想要漂泊的心呢？」

「想成為一個獨當一面的旅人，勢必要放下對家的寄望和對身邊同伴的眷戀吧？」

「我們的寂寞是怎麼來的？是否因為在我們的身上，連傷疤都不再有英雄感？」

「每個人對自己的人生，多少都會穿鑿附會。人格本來就是堆砌起來的，沒有什麼本質不本質的。」

「充滿感激和大聲哭，是兩種我很難體會的感受。不肯讓自己的內心澎湃，是不是一種病？」

「你說人的一生就像迷路的小孩，但迷路的前提是要有目的地，人生除了死亡，還有什麼目的地？死亡不消你去尋找，但如何活得自在愉快，才是我們必須學習的功課。」

「自由的定義便是，當你發現別人走在你前面時，卻還能閒適地睡上一覺，醒來時，也許就會看到美麗的帝雉。」

女兒爬玉山，登上山頂。她說有一個受傷的同伴在快到山莊前走不動了，領隊陪他在山壁下臥著，當他睡覺醒來，正好看見一隻歸巢的帝雉。「我們最終會發現，美景是留給走慢的人的。」女兒下了一個簡單的結論。

我讀著女兒寫給我的玉山書簡，想起我從小陪伴她接近大自然，她一直很喜愛動植物，收集植物種子和貝殼，並且做好分類，對任何有生命的東西充滿好奇和熱情。如今她用她自己在大自然中的領悟教導我。在金融海嘯席捲全球，許多人瞬間失去了原本累積的財富的時候，我選擇去流浪，我想要擁有一顆漂泊的心，重新面對陌生而寂寞的生活。

我深信唯有大自然才能真正療癒自己，縫合被撕裂傷口。千里步道運動中的每一條步道，就像一條條細細卻堅韌的針線，細細密密地把斷裂的、撕毀的部分縫合，包括個人身心、族群心理、土地倫理和國家社會。

在我接受心理治療的過程中，女兒三不五時會寄一些資訊給我，有次她寄給我一則關於「如何面對愛哭又特別敏感的孩子」的醫療分析。我直覺是她寄錯人了，我自認為自己是個堅強無比的鐵金剛。於是我回覆她：「你是不是寄錯對象了？」她回答：「是要寄給你的。你不是從小就特別愛哭嗎？勇敢去流浪吧。」

在女兒的鼓勵下，我像是《長路》中離開亡父的孩子，踏出了未知但無畏的第一步。在遙遠遙遠的地方，或許我會找到《雪山盟》的那隻豹，或許我會遇過《落花流水春去》的白癡查理，和他久別重逢？

Chapter 2
流浪之路（2009～2011）

我望向那艘擱淺的船，由於海面水氣朦朧，我幾乎看不見船。
它離海岸如此遙遠，我不禁感嘆老天我是怎麼上岸的。
情緒漸漸平息之後，我開始環顧四周，看看自己究竟身在何方，
思考下一步該怎麼走。很快我就發現安逸感開始減退，
也就是說我知道自己正身處絕境。
——《魯賓遜漂流記》（*Robinson Crusoe*）
丹尼爾・笛福（Daniel Defoe）

1 淡蘭古道山徑的起點——陪伴媽媽走完人生的終點

許多事情發生都是那麼有跡可循，像是天意。

當我決定搬去福州山腳下的姊姊的家，陪伴已經臥床三年無法行走的媽媽時，我無法預知那竟是她即將告別人世的最後一段歲月。如果離開自己熟悉的家是一種流浪，那麼從這一天開始，我嘗試過一種流浪的生活，雖然我將更靠近媽媽了。流浪不只是指身體，更多的是心理，是一種心靈狀態。

其實從童年開始，即使成家立業有了

孩子，「家」對我而言，像是一個容易迷路的森林，好像不屬於自己。我一直想要寫一個關於流浪貓的故事，書名叫作《迷路在家》。故事中有一隻流浪貓被一個寂寞的阿嬤收留，養得又肥又大，天天都在睡覺。有一天阿嬤的孫子被父母親送到阿嬤家，孫子對貓毛過敏，於是阿嬤開始天天用吸塵器吸貓毛，流浪貓開心擔心有一天會被阿嬤拋棄。於是牠滿懷焦慮不安的心情，又變成了迷路的狀態，所以迷路在家。

此刻我離開自己建立三十年的家和習以為常的生活作息，重新踏上一條陌生的道路，展開了一段常常走入富陽生態公園山徑的生活。經過一次又一次的路線踏查，發現這條山路正是淡蘭古道的南路，從台北進入古道山徑的起點。

我從此就生活在這條古道的山徑入口處，這是我流浪的起點，也是媽媽人生的終點。

・・・・

從第二天起，我已經習慣帶著一本書，一條毛巾和一罐水，隨時進入富陽生態公園的步道。每次都帶著不同的書，走不同路線，我第二天帶的書就是赫曼・赫塞的《流浪者之歌》，這本書的最後用大河來比喻一種人生的圓滿境界，而我想從走入森林的步道中尋找。不是想要尋找答案，而是不斷地提問，因為提問本身就是答案。

在都市生活中常常遇到三種人，可以用鐘來做個比喻。一種是步伐混亂又忙碌的人，像是一個壞掉的鐘，你可以從他們忽快忽慢的生活節奏中感到他們的不安情緒；一種是心如一潭死水一樣，任何事情都激不起他們內心的漣漪，每天活在不斷的重複中，像是一個停止走動的鐘；另外一種人本身就是分分秒秒準時的鐘，他們掌控欲超強，要求身邊的人符合他們的觀念、價值和生活方式。他像是一個教官，天天檢視著你的一言一行，糾正你的錯誤。

流浪者沒有鐘。他本身能夠感受到大自然環境的變化。走上了步道，走進了山林，我期許自己成為一個沒有鐘的流浪者，在林間小徑穿梭，走累了就找個可以休息的地方停下來，可能是一個亭子、一棵大樹、一塊岩石，甚至一片草原。你可以看看書，也可以觀察一下周邊的動植物，甚至睡一下。如果睡著了，醒來後的心情就是山中無歲月的平靜。

不要把健身運動當成是走上步道、走進山林的唯一目標，那會使你更加不安和焦慮，畢竟山林不是城市裡的健身房。我曾經見過一些爬上富陽生態公園的人，匆匆忙忙地來到一個涼亭，快速又瘋狂地做著仰臥起坐一百下，然後離開。或是在山上不斷地和山下的友人保持聯絡，然後因為怕遲到，狂奔下山。

這樣會錯過太多美好的事情，錯過了和香楠、相思樹、台灣欒樹、烏桕樹好好相處的時光，錯過了和紅嘴黑鵯、五色鳥聊天的機會。聽聽紅嘴黑鵯告訴你牠如何教幼鳥在出生八天之後離巢過獨立的生活。還有台北樹蛙，牠通常都躲在有水的地方，或姑婆芋的大葉子背面。螢火蟲呢？你看過這裡的螢火蟲嗎？我見過三種，靠近溪邊的是黃緣螢，山林中的是紅胸黑翅螢，或是紋胸黑翅螢，後面兩種很難分辨。

2 媽媽請聽我唱一首歌——我更像一個流浪的人了

端午節的清晨，媽媽終於來到我的夢裡。在真實的世界中，她已經離開兩個月了，我陪她走完人生的最後一段旅程，日日夜夜，她在我說故事的聲音中，很平靜地離開人世間。

殘留的夢境是我在平日走路上學的艋舺巷弄間，尋找可以覓食的餐廳。其中有一間餐廳甚至放了整顆豬頭在外面，像是在拜拜。嘈雜的環境人來人往，沒有我想停靠的地方，於是我決定回家。

年輕的媽媽笑瞇瞇地迎接我，並且端出了飯和菜，她說在自己家吃飯比較乾淨。我吃著像薏仁一般的「菜」問：「這是什麼？好像米一樣。」她說她也不知道，是菜市場賣的，因為便宜就買了一堆。她一向都是這樣的，對於燒飯煮菜洗衣都像是被咒詛過的工作，她被囚禁在這個隨時都可能被拆除的臨時的「家」，照顧著八口之家。她平常最喜歡的事便是閱讀小說和看電影，更奢侈的享受便是去旅行，但是在爸爸的強力阻止下，她幾乎沒有機會單獨離家出外旅行。

有一次陪她去參加同鄉會的聚餐，餐後我想叫計程車送她回家，她說她不想要那麼早回家，她最近因為要陪伴爸爸，非常難得出門，想要到處逛逛透透氣。那次我才發現，作為兒子的我，並不了解媽媽內心很深很深的寂寞。

在我們漫長的童年到青少年時期，她唯一能展現才華的機會，便是到了夜晚，大家都躺在各自的床上時，她開始說故事。她說的故事也像是一千零一夜那樣被詛咒不能停止，偏偏她輕易就做到了，因為那可是她最擅長、甚至喜歡的事。如果我要找到自己在說故事這方面的基因，毫無疑問的是來自母系。

爸爸走後，她的行動才真正自由了，記得爸爸走的時候她異常地平靜，只在爸爸耳邊輕輕說：「你先走一步，不要害怕，我很快就去陪你，講故事給你聽。」就像那次的同鄉會之後，她並沒有很快回家，已經七十八歲的她才開始要飛到世界各地去旅行，過了十一年，她才去找爸爸。東奔西跑了八年後，她忽然再也跑不動了，找不到任何病痛，她就是站不起來了。在她去找爸爸的前三個月，我一直陪伴在她身邊，輪到我講故事給她聽。直到她連聽故事的力氣都沒有時，我知道我們再也挽留不住她了。

原來，她躺在病床上的三年，是一場漫長的告別，是對兒女們的眷戀和不捨。

我曾經為媽媽寫了一首歌，請朋友興華譜了曲，失眠時常常在耳邊播放，像是在聽她說故事：

你曾經走過許多崎嶇的道路，這是你人生的最後一哩路，我從好遠好遠的地方飛回來，想要陪你走完人生最後一哩路，這是你離開人間的前十天。

第九天你在我的故事聲中睡去，第八天窗邊枯樹發出了新芽，第七天山邊蝴蝶漫天飛舞，喔喔喔你說你的幸福才開始。第六天第五天第四天你迅速衰老，一次一次跌倒吵著要我抱抱，你已經輕得像一隻蝴蝶，你已經輕得像一隻蝴蝶。最後一天你緊緊抓著我的雙手，你的手為什麼那麼冰冷？你說有我陪伴人生已經沒有遺憾，你就像蝴蝶一樣的飛走。

如果知道這是你人生最後十天，我會抱著你去做每一件事，我會抱你抱你一直抱著你，抱你抱你抱你一直抱你。抱你抱你好想一直抱著你，讓你躺在我懷裡安心地離去。寶貝乖乖不要害怕黑暗，記得要一直走向光明的對岸。窗邊枯樹發出了新芽，山邊蝴蝶漫天飛舞，抱你抱你好想一直抱著你，讓幸福可以一直延續。

現在，失去媽媽，我更像是一個流浪的人了，唱著我自己寫的流浪者之歌，想念著媽媽。

3 千里步道上的一九三縣道——如鬼魂般漂泊的旅程

春天來的時候，我又做了一個特別的夢，夢中有一群親朋好友，我和朋友動手殺了人之後，本來有機會逃走，但是我決定自己一個人承擔，我把孩子託付給好朋友，一一向親友們告別，並且保證不會供出共犯的名字。一個人走向刑場時紮了兩個紙人紙馬，一個留下來，一個帶在身上算是告別式，因為紙人紙馬是我童年最常創造的玩具。在面對死刑的那一刻，我竟然沒有絲毫的恐懼。我向醫生描述著這個夢境，並且說了一些最近的情緒。

醫生對我說：「其實你已經死了。在某個時間點上你對於自己的未來失去了盼望，你不停地為自己的過去整理年表。」是啊，我在三十歲之前就曾經有寫傳記的計畫，在後來每個階段的人生都有這種念頭，彷彿已經完成了人生的旅程，達成了任務，想要休息了。

・・・・

這一天，我終於有機會去走一段屬於「千里步道全台路網」的縣道一九三號。這條道路北起花蓮縣新城鄉三棧，南至花蓮縣玉里鎮樂合，全長共計一一〇・九二〇公里，是目前台灣最長的縣道。我的學生古國威駕駛著一輛向阿添借來的老爺車，載著我走這條道路，阿添也是我們千里步道的夥伴。

我們先往海邊的鹽寮，去看看在台灣最早用行動實踐簡單生活的孟東籬和區紀復曾經住過的地方。孟東籬的屋子已經不見了，旁邊正在興建兩層樓的房子。感覺上地基就建在海沙上，颱風來的時候不知道他如何渡過？區紀復的房子外面則用一根繩子和竹竿擋著，表示拒絕參觀。

我們在那裡站了很久很久之後才離開。我們戰後這一代的人，大多都受到孟東籬的思想影響。透過他身體力行崇尚簡樸生活和辛勤的翻譯，在資訊封閉的苦悶時代，我們認識了生態環境保育的先驅者梭羅、瑞秋卡森、珍古德，也認識了存在主義、卡謬，還有一大堆重要作家，杜斯妥也夫斯基、托爾斯泰，也認識了心理學家佛洛姆，也讀了赫胥黎的《美麗新世界》。

區紀復在澳門出生、香港長大，進入台灣大學化工系，去瑞士聯邦理工學院攻讀高分子化學。後來他在瑞士化學纖維公司當研究員，回台灣又在南亞塑膠公司擔任研究所主任。在四十二歲後辭職，去世界各地考察垃圾汙染的情況。一九八八年，他做了人生最重要的決定，選擇在花蓮鹽寮海邊生活，提倡一種不製造垃圾的簡樸生活，並且寫了幾本影響台灣生態環保意識的重要作品，例如《鹽寮淨土》《簡樸的海岸》《體驗貧窮》《新靈修團體體驗之旅》《走向阿瑪遜》。在那個台灣錢淹腳目的狂熱年代，他也有一批又一批的追隨者，走在另外一條覺醒的道路上。二十一世紀又過了二十年了，當我們回首這些先行者所走過的路，成為追隨者都有點太晚了。

離開了花蓮鹽寮這個聖地之後，便轉向一九三縣道。這是一條很美麗的公路，經過米棧、興高、加禮洞、東富、光復，再轉去馬太鞍濕地，不知不覺就走進了大家口耳相傳的紅瓦屋。女主人 NaKaw 認出了我，她正在雕一隻貓頭鷹，她笑著把這隻貓頭鷹送給我。她很能聊天，邊說邊雕刻。我們點一份石頭火鍋，她用檳榔葉當鍋子，把魚肉放進去，再將燙熟的蛇紋石放進湯裡。

夜裡，我又做了一個世界末日的夢。我夢到所有的人都知道這是世界末日了，大家心照不宣地離開房子。當我踏出家門的那一刻，正好看見隔壁鄰居也走出來，他是一位老先生，他和我輕輕地微笑，那抹笑充滿了無奈和悲傷，比哭還令人難過。我也向他點頭，表示，就這樣吧，一切都結束了。

4 銀色背包的澎湖流浪之旅

我帶著一群陌生人去澎湖兩天一夜，做一場「深度」旅行，其中有很多年輕人和媒體記者。我們規畫的路線是第一天澎湖馬公—西衛—風櫃—觀音亭眷村—白沙—跨海大橋—

西嶼西台古堡、二崁聚落、小門村；第二天直接由馬公碼頭搭船八十分鐘，去澎湖最南端的七美島。之後往北行到西嶼坪、東嶼坪，中午搭船到望安，看桂花巷和綠蠵龜的保育中心。之後的行程幾乎都用跑的，趕向虎井嶼、桶盤嶼。我沿途的解說，大概都是電影的拍攝現場，或是自己當生物系學生時在澎湖的採集標本經驗。

主辦單位要求每一個參與活動者，都要寫一篇遊記和拍照。其中有一篇遊記大概這樣寫的：「這一趟旅行我覺得最奇怪的事情，就是那一位帶領我們去旅行的作家，他沿途除了講解之外，也沒有看他在拍照，也沒有看他在欣賞風景。他一直背著一個超大的銀色背包，常常發呆，好像他旅行的目的，就是講解每一個景點給我們聽。他的表情讓我覺得，他只是在工作，並沒有享受這趟旅行。」

這篇陌生人的遊記勾起我生命中最大的遺憾，那就是過去太執著於每件工作的效率和成功，和別人的眼光，往往忽略了每件工作本身帶來的樂趣，失去享受工作過程中的細節。寫作在乎讀者的反應，拍電影在乎市場票房，做電視節目在乎收視率，我享受成功的感覺，卻忽略了過程中的快樂和幸福感覺。這樣莫名的焦慮和恐慌情緒，使我漸漸失去享受生活中最簡單的愉悅感，和對工作的單純熱情。

為什麼我會選擇澎湖作為台灣「深度」旅遊的地點呢？其實真正的原因是我並沒有特

別熟悉和喜愛的旅遊景點，我不是一個喜歡旅行的人。當我答應這個活動，並順口回答「澎湖」後，又陷入了焦慮和不安。我去百貨公司挑了一個超大的「名牌」銀色背包，我並不了解這個背包真的用途，我對這方面完全不感興趣。其實我應該買一個小一點的登山背包，外加一個小行李箱才對。事後我才問自己，為什麼脫口說出去澎湖？原來我從來沒有忘記過生命中那一個奇妙的瞬間。

一九七三年七月十六日下午四點左右，我們一群師大生物系三年級的學生，利用暑假在澎湖馬公的西衛沙岸做生態調查，想要了解這一帶水域的浮游生物，和其他可能出現的動植物。當時的西衛海灘保留相當純淨的天空和海水，空氣中有一種清香的氣味瀰漫著，有同學已經忍不住潛入水中。

當時的海水酸鹼度七．六，水面溫度是攝氏三十二度，含氧量是四．七七毫升／公升。當時的浮游生物有馬尾藻、團扇藻、蕨藻和一些綠藻。整個沙岸有著退潮之後的寧靜。我們站立在海灘上，海水大約到膝蓋附近。就在這個接近黃昏的瞬間，有人大喊一聲：「海星！」所有人都朝著自己腳旁觀察著。

那不是一隻海星，而是一群，更誇張一點說是整個海灘。這些密密麻麻的海星群有著各種不同的放射狀足，有三條、四條、五條、六條七條，彷彿在晴朗的夜空，出現各種不同亮度的星星，散發出不同的光芒。這些海星有個奇怪的名字，叫作「無地海星」。我永遠不會忘記這個瞬間，在未來的散文和小說創作裡，我不斷重複描述這個瞬間。包括這次想要帶領大家去澎湖，內心深處仍然是想要回味那個早已走遠的瞬間。

我曾經是那麼單純地喜歡大自然的一切，那些奇妙的生物，那些變化多端的氣象；多麼喜歡在野地露營，在森林裡守候夜裡才會出現的昆蟲。

我好想要找回這種對大自然和平凡生活的單純熱情和感動。

5 流浪使我成為初學者，重新找回冒險的勇氣和熱情

除了開始爬山，我也恢復停了很久很久的游泳。我忽然發現自己像是一個大學生，常常熬夜工作，也常常進出不同的校園，進行不同的活動。我每一周都會去花蓮的東華大學當駐校作家，用工作坊的方式教學生們編劇和拍片，剩下的時間就在東華大學的校園騎車閒晃。那段時間在東華駐校的人，還有劉克襄和李國修，劉克襄常常帶著學生去學校附近

爬山，李國修帶來的是戲劇表現工作坊。我像是一個大學生一樣，坐在台下聽了李國修一場非常精彩完整的演講，他在台上走來走去又跳又演，其實他憔悴削瘦的模樣已經是生病了，只是他還沒有去面對。在那場演講中，他一直重覆提出和他的講題不太相關的「情緒勒索」，這個詞彙後來在台灣流行了起來。

那是我第一次，也是最後一次聽到李國修的演講。更巧的是我和兒子正在執行一個拍攝「蘭陵劇坊」的紀錄片，知道國修生病後，我建議兒子不要勉強他接受訪問，結果反而是國修堅持要守承諾，那是他生命中最後一次接受訪談，彷彿這一切都是上天的安排。我告訴兒子說：「我多麼希望你能見到和我同時代最重要的藝術家，親身體驗一下他們的熱情和堅持。或許對你會有一些啟發。」

國修走了之後，我心中默默地對已經在天上的老朋友說，謝謝你，國修。若你有什麼放心不下的事，交給我們這些還在人世間的朋友吧。

至於劉克襄，只要在校園遇到他，他的話題從來不會離開他最近走過的山徑小路，發現的動植物變化，四季蔬果的價格，然後會問我：「要不要一起去爬山？我又發現了一條沒有人知道的小路。」遇到他這樣完全靠自學及親身體驗的生態專家，我真的覺得自己大學四年生物系是白念了，真的是虛度光陰。在他面前，我是百分之百的學生。

那段時間我也接受台大藝術中心的邀請，在台灣大學開設編劇工作坊，這對我而言是非常新鮮的嘗試，我去請教從美國「學成歸國」的兒子要怎樣開編劇課，甚至要如何當演員，美國讀了五年電影編導製作的兒子成為我的老師。我開始接下許多訪問別人的工作，像是《故鄉動員令》，走訪台灣各地的社區營造者；像是《台灣的驕傲》，走訪各行各業的成功者，我充滿好奇，傾聽、做筆記，重新成為一個學生，一個初學者。

這些年我在不同的大學和不同的社區騎車晃來晃去，重新享受青春活力。我也開始使用智慧型手機拍攝照片，同時擁有一台自己的相機。好久沒有出國旅行了，我想用自己的方式去闖蕩陌生的國度。

・・・・

這些年我主動安排出國旅行，日本成為我每年必去一、兩次的國家。在過去的日子裡，我從來不曾有過這樣對旅行的嚮往和熱情，更懶得主動去規畫行程。如今我像是一個想要去外面闖蕩的大學生，急著想認識外面的世界。

剛開始我選擇先在東京找到一家旅館，用一日來回的方式搭車去附近走走，漸漸地我愈走愈遠，去了鎌倉、箱根、輕井澤、茨城日立、水戶、京都。當日本福島發生核災之後，我不知道為什麼，自己安排的行程愈來愈接近福島，到了茨城日立，親身感受到核災後福島附近城市居民的生活方式。市場賣的魚類和蔬菜都分兩種價格，有輻射汙染的大約是半價。這些貼近福島附近城市的觀察，使我決定在台灣加入反核四的行列。

在這樣反覆的旅行中，我最喜歡鎌倉，也去過最多次。在那裡有最多日本文學和電影的描述和記憶。當我找到了小津安二郎在圓覺寺的墓碑，上面那一個「無」字，使我想起心理醫生和我的對話。當時我對他說：「我最近在想未來還能夠做些什麼？」他很不以為然地回答：「你現在要想的是，不要做什麼？」過去我一直覺得把工作排得滿而溢才會快樂，卻一直學不會「空」和「無」的真正道理。

一般人會把「空」和「無」誤會成什麼事都不要做的消極、放棄行為，事情上正好相反，是要放棄內心對一些人事物的執著，接受不斷變化、沒有永恆才是人世的真相。當我們缺乏安全感時才會執著，要抓緊一些可以依靠的東西，例如功名利祿、人脈，要占領它、擁有它，一旦失去就無法接受。人在這種狀況下，會失去真正的自在和自由，反而被這些執著所控制。

二〇一一年即將結束前，紙風車劇團為孩子們發起的「紙風車三一九鄉村兒童藝術工程」終於提前走完了。這個和千里步道運動同一年啟動的計畫原本以為要十年才能完成，結果只花了一半的時間。多麼積極的一群朋友，我相信他們的內心都是自由自在，無所求也不執著什麼的。他們就是一直走，一直走，只花了五年就走遍包括離島在內的台灣每一個大小鄉鎮。

他們真的就是一直走一直走。未來我也會追隨著他們的腳步，一直走一直走，放下原來以為可以依賴的東西，無欲無求，自由自在地一直走。

流浪者沒有錢，可是他卻可以走得最遠。

Chapter 3
救贖之路（2012～2014）

以前信仰真理必勝，現在卻不信了；以前信賴人類，
現在卻不信了；以前相信善，現在也不信了；以往熱衷信義，
現在卻不熱衷了；以前相信善於寬容的力量，現在也不信了；
以前值得感激的，現在也不值得感激了。
為了要度過人生的危險風暴，拋棄了自認是不必要的行李，
以減輕小船的負擔，可是拋棄了糧食和飲水，
現在船是輕快地前進，然而乘客卻憔悴了。
——《原始森林的邊緣》（*The Primeval Forest*）
史懷哲（Albert Schweitzer）

1 用寫詩的態度共創一條手作步道——台北福州山櫻花手作步道

二〇一二年春天，我們一群人用寫詩的態度，在台北東南福州山共創出一條櫻花手作步道。在過去修復原住民部落的古道時，都會請部落的耆老用部落傳統祈福方式，帶領大家祈福，之後再動工。我們在這個曾經是墳場的城市近郊，要如何開始呢？勉強我也算是台北的「耆老」，至少我還會唱已經很少人會唱的〈台北市民歌〉，又是千里步道運動的共同發起人之一，祈福的工作就落在我這個「耆老」的手上了。何其有幸，於是我就用孩子的角

度，簡單寫下一篇短短的祈禱文：

敬愛的山神：

感謝祢讓那麼多不同的動物和植物在祢的懷抱中快樂成長，也感謝祢讓我們能親身體驗萬物欣欣向榮的喜悅，分享它們的幸福。過去，我們常常為了自己的方便，輕易傷害了祢，弄痛了祢。以後，我們會用更溫柔更體貼的方式對待祢。

現在，我們向祢保證，我們會用自己的雙手保護祢、安慰祢。請接受我們用最虔誠的心建立台北市的第一條手作步道，我們會很小心，很小心，希望不會弄痛了祢。現在，請祢接受我們獻上的鮮花水果和食物，也請祢保佑我們順利完成這條手作步道，保佑我們大人身體健康，保佑孩子們快快樂樂地長大。

我要如何用最簡單的方式解釋「手作步道」呢？用人類最擅長使用工具和創造藝術品的「手」，雕塑出一條對大自然及動植物最友善的步道，給人類的腳和其他動植物使用。這是我們人類對大自然生態環境的救贖。

提到人類的手和腳時，我會想起自己早期曾經這樣形容爸爸的手和媽媽的腳：

「爸爸有一雙點土成金，如魔杖般的大手掌。他那一雙多繭的手掌是屬於工人的。他能使磚瓦水泥變成房子和池塘，也能使粗糙的木板變成可旋轉的餐桌。他那一雙有著修長手指的手，也是屬於藝術家的。他能拉琴、雕塑、繪畫、金石、書法、寫作。」

「媽媽有一雙勤快和善良的腳，像是分針和秒針，迅速走在她的人生道路上。她的一雙腳只去兩種地方，一個是需要她幫助的地方，另一個是任何她丈夫及子女所需要她去的地方。她總能做到赴湯蹈火當仁不讓那樣的壯烈。當我們長大以後，她的一雙腳又有新的任務，那就是每個星期天陪爸爸和他的朋友們去爬山，她扛著笨重的背包卻健步如飛，樂此不疲。」

當我在和大家一起完成手作步道的過程中，一直想到這段我對爸媽的描述，我忽然好想念他們。如果他們還活在人間，一定很樂於加入這個行列。爸爸點土成金的手，能夠化腐朽為神奇，看他用樹枝雕刻出來的枴杖就會相信，他一定會是手作步道的高手。他會教我們如何撿石頭、鋸木柴、填土，小時候我們都是跟著他打造院子裡的池塘、花架、雞籠、土牆的。

手作步道融合了藝術、美學、生態、工程和人文精神，是新時代一種最時尚的勞動。

先透過對周遭環境詳細的田野調查，包括動植物分布及周邊的地質、水流等，盡量尊重原本環境的生態樣貌。要思考的是整條步道的排水系統，如何將最多的水留在地底下，又避免造成土石流失。例如在這條步道入口處用木頭建造一個大型排水系統，再用大量碎石來墊高原本過低的路面，可以增加透水性。最後再回填當地的落葉、碎石和泥土，使步道回歸大自然的樣貌。

在建造步道的過程，盡量不要用外來添加的材料，完全就地取材，包括碎石、大石塊、竹子、樹枝、泥沙、落葉和廢棄的舊磚瓦、枕木，甚至自己設計的原始工具，這正是「點石成金、化腐朽為神奇」的藝術。在工作前，所有人都要接受一系列的手作步道課程，藉此對大自然有更深的了解，也會更疼惜它。這些課程後來就發展出有系統的「步道工作假期」「種子師資訓練」「步道志工培訓」「步道學」和「榮譽步道師」。

當我彎下腰蹲下來，甚至趴著、跪著，用自己的雙手在步道上填土堆石頭，汗水滴在泥土裡，有一種難以言喻的勞動後的快樂和幸福。當我看著這群從小孩子到老人家所組成的工作團隊，大家合力一點一滴完成這條獨一無二、最適合現場現地的步道時，我就預期這種啟蒙式的活動，在未來一定會影響更多人投入，成為最健康的全民運動。

因為這樣的啟蒙式活動正是一種宣示，宣示我們對於已經被破壞殆盡的山林土地所展開的「救贖行動」。這也是一種由下而上的公民行動，沒有固定的方式，每一條手作步道都會有它自己的生命哲學和土地倫理，也都是由所有參與者討論而成，同時具有藝術性和公共性。每一個把這片土地當成是自己家園的公民，都可以扮演積極的創造角色，不能小看一個人的力量。

這條步道最早的動念者，正是常常在附近爬山的鄭勝華大哥。因為有些居民反映由福州山通往中埔山的那條泥土路常常因為下雨積水不好走，希望市政府能延長原來的水泥步道。

鄭勝華找來一百多人連署，尋求已經在富陽生態公園做了很多年生態保育的「荒野保護協會」協助，協會的黃詩涵再尋求「台灣千里步道協會」支援。於是徐銘謙、李嘉智、文耀興這些台灣手作步道的先行者，和千里步道協會的朋友跟著鄭勝華大哥去現場考察。發現當地的居民已經把這條很少人會經過的山路當成「私房步道」，在兩旁種植幾株香蕉樹和櫻花樹，也動手鋪了地毯、砂岩石階和木材。這正是過去山林從禁止進入的戒嚴時期，開放給居民活動後的普遍景象。所以在手作步道設計時，也把原本的香蕉樹附近做成一小塊濕地，櫻花樹就地保留，當然地毯是一定要移除的。

這條步道完工後，我會特別挑選下雨天上山，觀察排水系統的情況。尤其是在梅雨季節，我上山的次數愈來愈多。在大雨中一個人在這條自己參與過的步道上獨自徘徊漫步，和雨中的山林鳥語蟲鳴共存，什麼都不想，完全放空。

有一天我又在雨中的步道上緩緩散步著，忽然接到女兒的電話，她對我說：「你要當外公了。」我愣了一下，淡淡地回應：「喔，真的嗎？恭喜你。」

五分鐘後，我又接到兒子的電話：「企鵝，你要當爺爺了。」「怎麼那麼巧？剛剛才接到咪頭電話，她也懷孕了。」「喂，怎麼有雨聲，你在哪裡？」兒子聽到了奇怪的聲音。「我在山上。我在自己做的步道上散步。」我平靜地回答。「什麼？自己做的步道？你還好吧？企鵝？」兒子有點擔心地追問了一句。「我很好。恭喜你。」我仍然很平靜。

我繼續在雨中散步著，有一種喜悅，也有一種莫名的焦慮。我想要留給後代子孫的不只是一條千里步道，而是千里森林，想還給這個島嶼本來的面貌，這才是我窮畢生之力想要完成的事情。

2 媽媽化成螳螂來送行——步道日的奇蹟

「爬山時不要仰望山，那容易動搖信心和勇氣。看著前方兩、三步的台階，踩穩後再專注地往上走。」

「如果有些喘，不要立刻休息，再走幾步之後呼吸就調順了，反而不喘了。」

「我能走在別人前面的祕訣，並不是因為我走得快，而是我休息得比別人少。」

「拿枴杖登山的目的，不是為了要依賴它，而是在必要時借用一下，不然枴杖就成了多餘的工具了。」

「我製作枴杖的目的不在生產枴杖，而是鍛鍊自己快要僵硬的手指。就像爬山不是為了山，而是為了爬。」

作為一個爬了大半輩子台北郊山的「山友」，老爸隨口說出來的話都是人生的智慧格言。他曾經在和孫子、孫女一起爬山時，陸續講了這些從爬山中領悟的人生哲理，我如隨行弟子般一一記錄下來。兒子和女兒還小的時候，偶爾會跟著阿公、阿嬤爬台北的郊山，兒子會替阿嬤扛起背包，女兒會替阿公注意沿途可以撿回家製作枴杖的樹枝。有孫子孫女陪伴時，阿公和阿嬤特別開懷，沿途都是笑聲。

阿嬤的背包不輕，就像她這輩子的承擔和背負。背包裡面有她自己和阿公的水壺和食物，有切好給所有登山朋友的當令水果，還有準備給阿公替換的背心。阿公也有一個背包，不過只是裝飾用，裡面只有一條毛巾和一把鋸枯枝的鋸子。阿嬤很疼惜阿公，總是覺得阿公身體比較差，其實她自己的心臟病更嚴重。

我相信，如果有一天我的孫子和孫女也願意跟著我一起爬山，我一定可以感受到老爸、老媽當時的幸福和快樂。

有一年，老爸告訴我說，他終於畫出一張自己最滿意的觀音菩薩像，面容慈悲如我的阿嬤。我對老爸說，我將這幅觀音像印三千張，以後每次爬郊山時，就在山上的廟裡放個幾十張，等待有緣人來拿，和他們結個善緣。後來我們每次爬台北郊山時，就多了這項任務。

一九九八年，老爸離開人世。他離開前三天還在爬山。在山上走進廁所出來，誤以為被山友們拋棄了，一個人慌慌張張衝下山，攔了一輛計程車回家，下車時跌了一跤，跌斷髖骨。次日送醫院後立刻開刀，手術一切順利，可是凌晨突然就走了，他的日記內容竟然停在爬山的前一天。老爸走後不久，我夢到了他，他正揮汗如雨製作著一根枴杖，我很驚訝的問他說：「爸，你……你，不是走了嗎？」老爸露出頑皮又頑強的笑容說：「我生命如此堅韌，怎麼可能如此輕易屈服？」他說，他正要出發去爬陽明山呢。

醒來後我濕了眼眶。因為老爸說他根本還沒有走，他明天還要去爬陽明山。老媽在老爸走後並沒有讓自己陷入太久的哀傷，她繼續和原來的山友們相約爬山，繼續把沒有送完的觀音像送完。後來老媽搬來和二姊同住之後，因為家就在福州山、富陽生態公園旁邊，她更是每天清晨五點便準時起床，摸著黑一個人慢慢地慢慢地爬上郊山山頂，跟著一個年紀比她還大的陳老師學習外丹功。陳老師太嚴厲，罵跑了所有學生，最後只剩老媽一個人。老媽愈來愈老，也漸漸爬不動了，但是她不肯放棄。理由竟然是如果連她都不爬上山，陳老師一個人豈不太孤單了？

後來老媽真的一直爬到再也爬不動為止。有一天她連爬起來走路都很困難時，仍然要請人用輪椅把她推到入山口。她苦笑著望著近在眼前的山，仰望著，仰望著，希望能有奇蹟出現，讓她忽然可以站起來，走向山。為了等待這個奇蹟出現，她苦苦坐在輪椅上煎熬了三年，最後，奇蹟並沒有出現。

「讓我可以站起來，走向山，再爬一次。只要一次就好。真的，一次。我太想念山了。」這是老媽走向人生盡頭前唯一的願望。從此以後，我每次走進山林時，都會想起老媽渴望能再爬一次山的眼神，和那一抹無奈的苦笑。我走向山，開始往上爬，當我走在山路上，就深刻體驗到媽媽渴望能再爬山的那種生命熱情。

二〇一四年六月七日，這是連日暴雨後的一個晴朗的早上。一群愛爬山的朋友們，在千里步道運動的號召下，同步在全台灣幾個地方一起走進了山林步道，一起見證台灣第一次的「台灣步道日」。從此之後，每年六月的第一個星期六，就是我們心中的台灣步道日，為此我們也立下了愛護山林的誓言。當我正在山腳下對著愛山的朋友們說話時，忽然出現了一隻寬腹螳螂，就在眾人搶拍的時候，牠悄悄地爬上了我的鞋子。有些人驚呼起來，我說，你們不要怕，我身上有樹的氣息，我現在就是一棵樹，牠會慢慢往上爬，牠一定不會咬我的。果然，寬腹螳螂慢慢的輕輕地在我身上嗅著爬著，只是有點癢。最後牠爬上了我的頸子、頭髮、帽子，終於到了頂，之後就飛落地上。

媽媽，我知道是你。你是來和我打個招呼的。再見了，我會記得繼續爬山。而且，我決定加入照顧孫子的工作。我已經當阿公了，相信不久之後，我也會跟著孫子、孫女們一起爬山。

3 心甘情願成為阿公——另一場救贖的開始

生命中有些瞬間的記憶會成為永恆，會一直陪伴你走到人生的盡頭，除非你提早失憶。生命最重要的事情便是記憶，失去記憶的人生形同死亡。

凌晨五點四十二分，薔薇公主經過很漫長的等待，悄悄來到了世界。六點零四分，我接到兒子從醫院傳來的剛出生嬰兒照片，獅子鼻、深酒窩、貼耳，看不出來像母系或是父系。兒子只傳出兩個字「不哭」。我的回答比較長：「太好了，母女平安，哭了告訴我。」「不愛哭。」兒子又傳來同樣的訊息。

在晨光中我舉起手機上的照片，看著這個才剛剛來到地球上的女嬰，瞬間熱淚盈眶，沿著尚未完全甦醒過來的面頰流下來，這是第四個。四個似曾相識的小生命，竟然在短短的一年半陸續來到地球報到了，多麼不可思議的事，距離一年半前那趟穿越時空的末日旅程後，我終於和他們見面了。當時在「末日遺書」中寫到的「唯一」的遺憾並沒有發生，我終於和他們一一見面了。

· · · ·

一年半前，我完全沒有想過當阿公之後的世界會變得怎樣，我仍然想繼續流浪。馬雅古文明中，馬雅曆法在二〇一二年的十二月二十一日終止，也有人用電腦、易經推算出來，這是人類的末日。所以在末日預言到來的前一天，我決定出發去流浪。

出發前我寫了一封很簡單的遺書，除了交代留在世上待處理的事情外，我表達自己對曾經經歷過的一切充滿感恩，如果還有什麼遺憾，那就是錯過了和未來的孫子孫女們見面，甚至相處的機會。

從台灣到美國南方的路易斯安那州過了一個年。二〇一二年出發去美國南端加爾維斯頓島，到了美國的國土最南端，海明威住過的基韋斯特島。半個世紀前我第一次讀到他的《老人與海》，那年我十歲，不明白老人為什麼要從遙遠的海上，把一隻被啃到只剩下魚骨頭的馬林魚帶回家。現在終於有一點懂了，遙遠、搏鬥、徒勞、一種走到天涯海角的勇氣，一種被生死搏鬥所引發的生命力量，就像是電影《雪山盟》山頂那隻被凍死或是餓死的獵豹，高山頂、徒勞，有沒有搏鬥不知道，但是有一種爬到最高峰的意志力。就像此刻一樣，我已經離開了美國，航向墨西哥灣，愈走愈遠，到了大開曼島之後，再往加勒比海航行，最後到達發出「末日預言」的墨西哥馬雅文明遺址。

彷彿處在一個平行時空，或是不真實的夢境中。當我在世界末日來臨前一天啟程，人還在飛機上時，第一個孫子誕生了。當我正出發去加勒比海，人在船上時，第二個孫子接著出生。我渴望見到他們出生時的模樣。或許這些未來的事情，在馬雅曆法中早已經有記載了？

・・・・

就在四個孫子孫女陸續來到地球報到的這段時間，我正好看了三部有關太空探險的電影：《地心引力》（*Gravity*）、《星際效應》（*Interstellar*）和《絕地救援》（*The Martian*）。這三部電影都觸及到人類內心最深的恐懼和渴望，像是「絕對的孤獨」「求生意志」「未知的探索」「生命的起源」和「家」。

在這三部各自都有科學論證和假說的太空探險電影中，有幾個電影的瞬間鏡頭深深觸及我的內心。克里斯多福・諾蘭導演的電影《星際效應》中，飾演太空人的馬修・麥康納闖入可以將時間膨脹的五次元立方體（長寬高的三度空間因為時間而壓縮和彎曲，形成四度的時空。如果再加上重力的因素，時間被膨脹後出現了五次元立方體，就可以穿越時空到未來），看到了女兒的生活和女兒的孩子，也就是他未來的孫子正在等著與他見面。這一幕觸動了已經和孫子們陸續「見到面」的我，因為「未來」已經是「現在」了。

在墨西哥導演艾方索・柯朗執導的《地心引力》結尾，飾演太空人的珊卓・布拉克在經歷長久的太空中無邊無際的迷路和漂流後，忽然接收到來自地球的聲音，那些細細碎碎的若有若無的聲音召喚、牽引著她，就像是地球的地心引力，就像是子宮內和嬰兒之間連結的臍帶，她感動落淚，我也跟著淚流滿面。嬰兒的啼哭、狗的吠叫、一些聽不清楚的聊天聲，這些多麼平凡瑣碎甚至平常會嫌棄的聲音，此時此刻成了救贖的聖樂。太空人終將重返地球，彷彿死而復生。

由雷利・史考特執導的《絕地救援》是描述未來，人類已經可以直接登陸火星探測時，飾演一個在意外災難中獨自遺留火星的太空人麥特・戴蒙，如何憑著過去的知識和個人的意志力生存下來的故事，所以故事中的太空人也是一個植物學家，使其行動合理化。

植物學家決定在火星上種植馬鈴薯，他得先解決水源的問題。化學知識告訴他，登陸艇留下的燃料「聯氨」（N_2H_4）可以透過燃燒產生氧氣，聯氨中的氫和氧結合，產生水（化學公式如下：$N_2H_4 + O_2 \rightarrow N_2 + 2H_2O$）。植物神奇的光合作用（我一直對這個作用感到非常奇妙）要有陽光、空氣、水分和養分。於是植物學家採取ＬＥＤ燈光替代陽光，還可以防止火星上過多的紫外線；並運用太空艙的製氧機，模擬地球上的空氣成分。而植物學家的糞便，正是最適合當養分的有機物。

這些再簡單不過的東西——陽光、空氣、水、養分，對於落難在火星的太空人而言，卻是可以繼續生存的寶貝，就像《地心引力》中那些再平常不過的狗吠和人聲，怎麼都變成了如此珍貴的，可以救命的訊息？而這些都是地球之所以成為生意盎然的星球的神奇原因。

原來，這三部太空探險電影真正觸動我的，還是一切的源頭：生命。原來所有生命的誕生都是如此奇妙和美好。我想起自己念念不忘的那部電影《落花流水春去》的查理，原本低智的他因為科學實驗成為了天才科學家，他想要憑著自己的才智找到基因的答案，可以不再返回原來的狀態。最後他的努力失敗了，一切徒勞，他又回到原點。人類已經聰明到可以探索太空和宇宙，甚至登上遙遠的星球，人類也已經找到許多生命的基因序列，甚至可以在實驗室中創造生命。

但是最終，人類也知道自己的極限，因為他們也只是大自然的一部分，他們不可能操控一切，他們要學習的是面對大自然的尊重和謙卑。

有一次我去奇美博物館參觀「生命的起源和演化」標本展覽，身為一個曾經是生物系學生又當過生物老師的我，竟然站在生命起源的第一個標本「疊層石」前發呆。「疊層石」是目前科學界比較有共識的地球上，最早出現的生命現象。這些形態簡單的球體和絲體層層相疊的化石，是藍細菌吸收到細縫中的陽光，進行光合作用，盡全力掙扎向上，爭取最大面積可以吸收到更多陽光，被埋葬在更深處的藍細菌則死亡。我想到一位心理學家曾經這樣描述「自由」：他認為人們常常不相信自己所經歷的，所生活的，反而接受社會所加諸在他們身上的口號和教條而生活著。他們甚至不如曾經走過的足跡裡，那些苔蘚植物想要拉長腳看天空的智慧。

我望著眼前的疊層石發呆，想著最初始的生命，連藍細菌都知道要拉長腳望向天空，吸收最多的陽光，體驗「生」之美好，這不就是「生」的最高境界——「自由」嗎？

當我四周來參觀的朋友們都已經走到了最後的哺乳類動物區，我仍然停留在生命最初始的世界，望著疊層石發呆、冥想，想要知道生命之所以會成為生命的真正祕密，想了解為什麼人類會對於太空探索的電影或小說著迷。

我曾經在過去陪伴兒女長大的過程中，和他們一起完成了許多童話故事，其中有兩本太空冒險的童話故事——《星星俠》和《球球星座》，我會陸續講給孫子和孫女們聽。未來，我也想為四個孫子、孫女的這一代孩子寫下新的童話，也想要寫一個關於火星人來到地球的故事。

我想起那一趟末日之旅，在美國最南方的土地上看到一條叫作「白頭街」的街道上，豎著一個「零公里」的牌子，是否暗示我在六十歲白了頭之後，一切又歸零重新出發？和過去不同的是，我多了四個孩子陪著我同行，我更不寂寞了。

對我而言，這將是生命中另一種自我救贖的開始，我彷彿是從外太空又重返地球的太空人，我跌落海上，渾身濕透的爬上岸，一腳踩在海灘上。我聽到海潮聲、水鳥聲，還有嬰兒的啼哭聲和笑聲。我回到地球了，正在回家的路上。

算是末日重生吧？我原本分離的夢境和真實在這一刻終於合而為一。

4 蘇花古道大南澳越嶺段——記憶、想像和真實

人的記憶有時候會加入想像，有時候會和真實混淆，成為選擇性的真實。在記憶中，我只和爸爸兩人一起去遠方旅行過一次。時隔多年後，我一直想要確定是蘇澳還是南方澳，甚至南澳？

我仍然記得那是一個黃昏，海風吹拂下都是魚腥味，我們父子同住一間破舊的宿舍。清晨爸爸和我起來，爸爸坐在漁港旁邊寫生，我看著他畫。我的童年有一張在植物園的照片，年輕俊美的爸爸穿著白襯衫，高挺的鼻梁上掛著一副黑框眼鏡，他坐在一棵椰子樹底下低頭寫生，穿著破舊衣服的我傻傻地站在他的身後，非常不搭調，像是一個多餘的人。

在漁港邊看著爸爸寫生，大約也是這樣的畫面。爸爸嘴角常常掛著一抹嘲諷不屑的微笑，用驕傲來隱藏深不見底的憤怒和自卑，這是我長大後才發現的，否則，我一直很崇拜他。或許每個兒子小時候都會對自己的爸爸帶有仰慕的心，也很想要有親近的時候，甚至單獨相處的時光。

我的記憶只有那一次的漁港，但是不確定是哪個「澳」？從此，這些帶有「澳」字的

地方，都帶有濃濃而神祕的氣息。澳是什麼意思？可以停泊船隻的港灣叫作「澳」。我終於要去一個叫作「大南澳」的地方了，因為這趟旅程，我終於明白記憶、想像和真實之間的關係了。

・・・・

這個行程主要是要走「蘇花古道大南澳越嶺段」，並且探訪兩個南澳的泰雅族部落和一個蘇澳海邊的客家村落。同行的還有兩個旅行社的朋友「那米哥」和「賓士」。原本計畫要沿途紮營，這個「紮營」的計畫深深吸引我，我已經很久沒有在野地紮營了。可惜後來改成用車接駁旅館。千里步道協會這一年的重點工作，便是透過步道連結沿途的部落、鄉鎮、社區，想要為他們增加一些經濟活動，所以才約兩家旅行來走這一趟。

我對「大南澳」這個地名很陌生，但是「南澳」卻因為一個山難事件，使得很多人知道了神祕的「沙韻之路」。那是在當時非常轟動社會的山難事件，一個熱愛登山冒險的企業家林克孝，為了尋找當年泰雅族少女沙韻回家的路，以及泰雅族部落從南投遷徙到宜蘭的路線，跌落東穗山（南湖大山旁的小山頭）的山谷身亡。這次的行程最後一站，便是沙韻的家鄉「金岳部落」。

大南澳是一種古稱，泛指宜蘭最南端，那一片被脊梁山脈包圍又夾在兩條溪出海口的沖積平原，位在蘇澳南方，所以叫南澳。目前東部沿海地區畫歸蘇澳的兩個里（朝陽、南強），而廣大的山區則屬泰雅族的南澳鄉。

這裡奇絕的斷崖美景，是因為古老的地層受到擠壓而從海中凸起。過去這裡是泰雅族人生活狩獵的家園，他們的強悍勇猛加上難以攀越的高山峻嶺、湍急河水，使得一般人無法侵入。一直到一八七四年，清朝終於決定要掌控大南澳，於是指派當時的福建提督羅大春進入「大南澳」開築「後山北路」，從蘇澳到花蓮，全長約兩百公里，能征善戰的泰雅族人隨時出沒，但是山徑狹窄，很快就荒廢了。

「蘇花古道」指的就是當年開闢的這一段路，「大南澳越嶺段」是「蘇花古道」中被修復好的一段。而「蘇花公路」則是由後來日本人所開闢的「蘇花臨海道」為基礎所修建。

・
・
・
・

我們這次的行程，便是從參觀蘇澳晉安宮「羅大春開路里程碑」開始，之後就沿著蘇花公路過了東澳橋來到東澳。東澳以蘇花公路為界，靠海的是蘇澳鎮東澳里，居民以漢人為主；靠山的是南澳鄉泰雅族東岳村。除了他們本身的遷徙之外，外來統治者往往用強迫遷村和重新規畫土地的方式，使我們逐漸失去了解原住民部落的地理和歷史的脈絡和方法。

就拿這個被畫規在南澳鄉、稱之為「東岳村」的部落來說，它曾經叫「東澳村」，原來名字是充滿文化氣息的「Iyo」。「Iyo」是金線蓮的意思，有許多人正在研究這種藥草，過去盛產在東澳山。

居住於東澳灣和東澳山之間的泰雅族人，分別來自「哥各朱社」（Gogot）和「塔壁罕社」（Tepijaxen），哥各朱社原來就是位於少女沙韻的家鄉「利有亨社」（Ryohen，又譯為「流興社」）舊址的南方，後來才遷到此處。

通常研究台灣原住民歷史文化的學者都是用「社」為單位來了解原住民，由於交通上的不便，往往只隔了一座山，彼此使用的語言就不同，有些「社」在台灣是來來去去，光是想知道他們搭乘的獨木舟有沒有帆，或是靠著黑潮、洋流飄向遠方？就要比對很多資料才能確定，少了文字的記載，使得歷史上的真實狀況很難被完全確認，耆老們的記憶，加上想像，能夠呈現多少真實？或許這正是研究台灣原住民歷史文化的迷人但困難之處。

這裡在春夏之交會有很多飛魚，飛魚祭也是東岳部落的特色，可惜我們是在秋冬之際造訪，但仍然可以看到部落中用來烤飛魚的圓形烤筒。飛魚在泰雅族語為「Dobiyo」，所以這裡也曾經被稱為「多必優」。我們在晚餐時吃著自己做的竹筒飯，相當美味。東岳部落未來觀光發展的潛力，是湧泉和水梯田景觀復育。

・・・・

夜晚，我們入住位於蘇花公路旁的東海峰旅店，我去隔壁的雜貨店買了一雙高筒雨鞋，這是我在整個登山過程中唯一正確的決定，因為第二天大南澳越嶺的活動發生了一些不在預期中的狀況。

我們一大早就來到了新澳隧道北口，原本計畫的全程步行路線是烏石鼻戰備道，這是舊的蘇花公路，大約三・二公里，再加上蘇花古道大約四・一公里。結果我們遇到一場暴風雨，原本要走的山徑因為山崩而中斷。這個意外使得大家中途折返，尋找另外一條不在計畫中的古道。原本已經要往下坡走的路，又要往上爬，繞過一個山頭。在大雨中我背著一個裝滿所有衣物的大背包（又是一個錯誤的決定），抬頭看到陡峭的山壁，幾乎喪失了繼續向上爬的意志力，這時爸爸鬥志昂揚的聲音在山谷中飄著：「不要抬頭仰望，只要低頭看著腳下的台階，踩穩後再走。」我已經沒有退路，於是跟著隊伍一起向上攻頂。

我想到林克孝在《找路：月光、沙韻、Klesan》那本書中描述他找路的經驗、知識及樂趣，此時此刻，我完全沒有任何想法，低著頭一階一階地走著，我忘記自己有沒有穿雨衣，我總是東漏西漏的，低估了爬山會遇到的各種不穩定和不可預測的情況。我不是南澳泰雅族人自稱的Klesan，因為我不是翻山越嶺而來的人，我只是一個嚮往山林的都市人。沿途我有幾度走到腳抽筋，只得坐在階梯上休息，同行的年輕人很有耐心地等著我，此刻的我終於明白，學習認輸和示弱也是一種能力，這是爸爸一輩子都不肯接受的。其實我用自己的步伐和呼吸，仍然可以走完全程的，只是慢一點，慢才能看到不一樣的風景。

記憶中自己全身濕透，踩著笨重的雨鞋在暴風雨中，終於登上了南澳嶺上斷崖峭壁的某一處視野開闊的觀景台，可以俯瞰東澳灣和烏石鼻，還有澎湃洶湧的太平洋。在風雨中幾度想在斷崖上欣賞絕美的海岸線，但是迎面而來的風雨，連拍張照片都很危險，只能往下繼續走。就這樣沿著稜線上上下下的，許多道路都埋在荒煙漫草中。

據說日治時期嚴格控管菸酒，許多販賣私酒、私菸和私鹽的商人，為了逃避官府的捕捉，不敢走比較平穩的沿海官道，他們選擇繞過一個又一個山頭，寧願攀爬在危險的山稜上，用他們自己的方式，硬是踩出了這樣一條民間私下叫的「酒保崎路」。

不過也有另外一種說法，住在山區的居民如果要購買日用品，包括鹽和酒，都得走這條古道到蘇澳才能買到。用現代人的思考覺得不可能，其實如果了解當時的生活狀況，魚路、茶路、米路、上學之路都可能那麼遙遠。我們這些「現代人」此刻只是為了找古道而走，想想也真幸福。

我們繼續走著這條由北往南落差很大的山路，穿越舊的蘇花公路，一直往下走到位於龜山西北邊的「朝陽社區」，我們來到朝陽社區時比預定時間晚了很多，大家都餓壞了。

．．．．

朝陽社區這樣的名字，會使我想起「旭日」「迎春」「迎風」「春蘭」「秋菊」這樣的語彙。過去整個大南澳是泰雅族人生活的地方，他們稱南澳為 Kbbu，日本人來了之後因為這裡是出海口，風浪很大，所以叫「浪速」（Naniwa），也有另外一種說法是因為日本軍艦「浪速丸」曾經為了對付原住民而來到這裡，成了閩南語的「娜娘仔」。

清朝統治台灣時，對東部，尤其是有原住民居住的地方採取消極態度，有學者解讀是因為滿人也是以外族身分入主中原，所以對台灣的原住民相對友善。因此當時台灣東部常常有外國勢力入侵，甚至想要建立殖民勢力。一八六八年英國人荷恩（James Horn）藉口取得德國商人美利士（James Milisch）的執照，帶著一批人在河口登陸，招兵買馬開墾土地，建立城堡和住屋，藉著生產樟腦建立「大南澳國」，也擁有自己的武力，更娶了泰雅族頭目的女兒為妻子。德國商人美利士也藉由這個基地在沿岸運送物資、火藥，進行買賣，甚至抽稅。當時清朝向英國和德國政府交涉不太順利，他們也表示這裡是泰雅族的土地，是一個主權模糊地帶。一八六九年英國甚至派出軍艦到蘇澳港，在大南澳停留三天以示支持荷恩。一八七四年又發生了牡丹社事件，這一連串的國際性衝突才使得清朝決定開發台灣的東部，宣示主權。

現在的朝陽社區居民中，有許多是二次移民的客家人，他們的祖先原本在山區從事樟腦及挖礦的工作，後來才遷下山來到這裡改做農漁業。這裡曾經是台灣咖啡種植的原鄉之一，當上世紀九〇年代啟動社區營造後，他們將咖啡列為重點產業，陸續引進阿拉比卡咖啡的樹苗，在大南澳越嶺的山腳下試種，經過多次的實驗，發現種在雜樹林間的咖啡比空曠地區種植的品質好，逐漸建立了自己的品牌。因為這個社區附近有國家級的步道，所以用「手作步道」的精神，除了完成環山步道外，也建立有機的、低碳的農業技術，找到自己的特色。

從歷史的演進中，如果要為這個社區的咖啡取一個名字，你會選擇那一個呢？娜娘咖啡？大南澳越嶺咖啡？浪速咖啡？手作步道咖啡？還是朝陽咖啡？從命名可以了解我們對文化的認同。

・・・・

我們的最後一站就是沙韻的故鄉「金岳部落」了，不過這裡不是她原來居住的地方。金岳村位於大南澳北溪和鹿皮溪合流附近大約一公里的傾斜山坡上。如果從鹿皮溪下游溯溪而上，可以到著名的金岳瀑布，我們此行也來到金岳瀑布朝聖。「利有亨社」原來在布蕭丸溪上游，一場芙瑞達颱風把他們通往南澳的八座吊橋全毀，強風暴雨也阻斷所有對外交通，最後由頭目烏（Okkan）率領了四十五戶兩百二十五人下來到現在的地方。

這裡本來就有更早之前定居的上武塔（Buta）的塔拉罕社人。他們曾經從這裡遷往山下的卡拿蘭，但是因為瘧疾感染許多族人死亡，於是大部分的人又返回金岳村，沒有返回的族人為了逃避瘧疾也繼續遷往其他地方，另外成立新的社。我曾經讀過一篇考古學的報告指出，原住民會往更高的山上遷涉的原因之一，就是躲避瘧疾。

我們這一路上的食物都有南澳的特產「椴木香菇」和小米。另外山林間隨處可見的刺蔥、龍葵、昭和葉、馬告、南瓜、青木瓜、百香果，也都是泰雅族食物的原始味道。過去他們習慣用鹽巴醃豬肉生食，不過為了配合漢人的飲食口味和習慣，發展出風味獨特的小米醃肉，成為這裡的最佳食物。現在金岳部落「沙韻廚房」的知名度，已經超過「沙韻之路」了。

・・・・

我們這次行程沒有安排「南澳古道」，這條古道就是著名的「沙韻之路」。這條古道可以通往一些舊的部落，當年是日本人為了方便控制十多個泰雅族部落而興建，是「舊武塔古道」的一部分，所以也有人稱這條古道是「舊武塔古道」。目前整理出來的路只是整個大南澳古道系統的前三公里，位於金洋村，起點是「旋檀駐在所」遺址。「旋檀」是泰雅語苦楝樹（Senran），日本人在古道沿途設「駐在所」，這個駐在所監視的部落就叫「旋檀社」。

林克孝在完成了「沙韻之路」的探查整理之後，繼續去尋找當年泰雅族人翻越南湖大山、進入現在被畫為宜蘭大同鄉與南澳鄉的路徑，彷彿這些已經被埋藏的路徑在不斷地召喚他。他曾經在他的好友發生山難後，寫過一篇安慰其他朋友的信，其中有一段文字我永遠難忘：

「我希望大家能把有限的生命與相聚無限延長到想像中的一生。我對山的浪漫想像使我走上這條路……我暫時回不去，如同我不能回到童年。但我們一定會再相見。我想知道我走後的地球發生什麼事，也會準備一些我在另一個世界看到的其他地球難以想像的趣事，讓我們下次相會有說不完的話題。像爬山前的短暫分別，我出門去登一座沒爬過的山了！」

這段文字在當時被媒體報導後，都認為好像是林克孝為自己未來如果發生山難時預先寫的遺書。原本發生在日治時代的「沙韻之鐘」，和這個充滿浪漫悲劇色彩的山難事件結合在一起，留在我內心深處的就是充滿想像力的、無畏的叢林冒險的「南澳」了。

戰爭爆發的一九三八年，蘇澳泰雅族「利有亨部社」日本警察兼老師田北正記接到了參軍令，要趕赴戰場，十七歲泰雅少女沙韻・哈勇替老師背笨重的行李。當她經過武塔橋時，再也抵擋不住颱風帶來的暴風，落入湍急的河流中身亡。這件事情被當時正想要鼓舞士氣的日本政府有計畫地宣傳，有畫家為沙韻畫像，有詩人為沙韻寫詩，後來拍成由滿州國紅星李香蘭主演的電影《沙韻之鐘》，一首電影主題曲〈沙韻之鐘〉流傳後世，戰後被音樂家周藍萍改寫成〈月光小夜曲〉，和〈綠島小夜曲〉齊名。

林克孝寫的那本充滿詩意的著作《找路：月光、沙韻、Klesan》便是從〈月光小夜曲〉說起，正是我心中所嚮往的千里步道精神的書。這本書不只是描述他登山找沙韻之路的過程，也不只是藉由找古道來描述台灣的歷史文化和生態保育，而是透過「找路」來抒發、連接自己的生命經驗和內在靈魂，甚至是自我救贖的過程。企圖將自己從過度工具、功利、貪婪、算計的文明世界中漸漸銹蝕腐敗的身心，一次又一次拉回到充滿詩意、野性、浪漫的山林中，然後帶著洗滌後充滿活力的獵人氣息、節奏和呼吸，返回都市繼續生活和工作，這時候會發現自己所居住的地方城市也逐漸改變了，多了一點詩意、野性和浪漫。

這趟大南澳之旅，使我終於把童年那段模糊回憶、想像和嚮往，拉回到了真真實實在暴風雨中動彈不得的踩踏經驗。我不再是一直崇拜、孺慕父親的孩子，父親反而成為一個我應該疼惜、保護他的孤兒。而我自己真正走過的、體驗過的道路，才可能是通往自由的道路。

當我返回城市之後，城市會變得多一點詩意和野性嗎？至少，我覺得自己的身心更解放，也更自由了。

Chapter 4

自由之路（2015～2017）

平凡是一個家，平庸是母親的膝頭。我們進入崇高的詩歌，
到達嚮往已久的巔峰，領略過氣勢磅礡的奇峰秀嶺後，
才感受到平庸的好。平庸讓人感覺到生活中的一切都是溫暖的，
就像回到客棧，與人們嬉笑怒罵，把酒言歡，
回到上帝造就的樣子，對宇宙賜與我們的一切，心滿意足。
而那些勇攀高峰的人，他們到達山頂才發現無事可做。
——《不安之書》（*The Book of Disquiet*）
費爾南多・佩索亞（Fernando Pessoa）

1 尋找淡蘭百年山徑——知更鳥蛋藍和向日葵黃的森林小屋

療癒、流浪、救贖的日子終於結束了。所有在這段期間啟動的事情，有的即將落幕，例如已經進行了一百場的「反核四、五六運動」；有些繼續進展中，像是「千里步道運動」「紙風車三六八鄉鎮市區藝術工程」和提供偏鄉兒童課後照顧的「快樂學習協會」。我參與了這些活動，使我覺得自己和這個土地有了非常緊密的連結。

我個人生命又來到了一個全新的開始：我為自己打造了一個完全屬於自己的

空間，這個空間從頭到尾都照著自己心意做出決定。這在過去是從未有過的經驗，過去我對於居住空間完全放棄決定權，我從來沒有真正面對自己的欲望。

我終於知道，流浪並沒有為自己帶來真正的自由，流浪使我更加不安和焦慮，對於失去的一切更加思念。對於生活和生命擁有選擇權和決定權，才能得到真正的自由。我的自由從這樣一個可以獨處，更可以分享的空間開始。我在日記上這樣寫著：「我的人生尚未完成。」

就像成為四個孫子、孫女的阿公之後，不但沒有因為要加入照顧行列而有受牽絆、不自由的感覺，反而有另一種篤定、安心，我更加覺得自己未來的生活會愈來愈自由了，可以選擇自己喜歡的方式過日子。我想起當初參與「手作步道」時的感覺，我們還給大自然本來的樣子，也是要讓我們自己找回本來的面目，那個最平凡、平庸的自己，就像隨時隨地可以踏上步道，走入森林一樣。

我想起當初和設計師描述自己喜歡的空間和顏色時，我說我喜歡充滿野性的馬蒂斯，他那不羈、輕鬆、慵懶、自由的線條和狂野、繽紛，充滿情緒的色彩，使我想到森林中的光影幻化和飛禽走獸，藏著勃發的生命力。

給我一間隱身在森林裡的小屋吧，每當我從都市叢林中逃走，便可以在這個小小的空間裡得到自由，所有的空間彷彿是自己身體的延伸。

我的設計師尹萍是一個喜歡顛覆傳統材料和顏色的年輕人，她也崇尚木造建築。她聽著我描述自己內心深處的聲音，慢慢了解我的需求：「給我一個陽光可以照進來的浴室，給我一個可以睡在大樹下的床，大樹上有知更鳥巢，巢裡有知更鳥天藍色的蛋。我不需要客廳和廚房，我只要一片或坐或臥、可以容納朋友的草原，大家可以躺在上面睡覺或是無所事事。整個空間就像是馬蒂斯筆下的一幅畫，你會覺得自己就像是那幅《側臥的宮娥與玉蘭花》中慵懶舒適、優雅自在的女人。」

安床的那一天是「一二三自由日」，往後的日子，我常常赤裸著身體在森林小屋內遊走冥想，有時候忍不住想要大聲吼叫，像是一隻野獸一樣。我，終於自由了。

・・・・

第一批來造訪這間森林小屋的，正是「千里步道運動」的重要夥伴周聖心、徐銘謙，她們來和我分享最新的工作進度。她們分享整理淡蘭百年山徑的過程，對於千里步道運動即將進入第十年，這個計畫會使千里步道運動更踏實。透過重現百年古道的計畫，可以重現北台灣的歷史、文化和生態。對大多數的台灣人而言，那是一片陌生的亞熱帶雨林，足跡所至常常有田園將蕪胡不歸的荒涼景象。

目前這個計畫已經先取得新北市政府觀旅局的支持和藍天登山隊的協助，從文史資料和實地踏查尋找，有了大概的方向。淡蘭古道的出現，最早是居住在山間水涯的居民，基於開墾、狩獵、貿易等生存的理由，而自然踩踏出來的小路。之後為了方便統治和管理，也為了消滅海盜，清廷鼓勵民間投資，共同建立了官道，沿途設立哨所、郵局等。

目前規畫三條主要路線：南路是以運送茶為主的產業道路，從深坑、石碇、坪林到礁溪；中路是先民拓荒墾植之路，由暖暖、十分、柑腳、泰平、灣潭到外澳；北路就是官路了，經過瑞芳、侯硐、九份、燦光寮、牡丹、雙溪、澳底、福隆、三貂嶺、貢寮、草嶺、石城、大里。這段官路中最為人所熟知的就是草嶺古道、隆嶺古道和金字碑古道。

「這些古道位於四種不同的地景，台北盆地、基隆火山群、雙溪丘陵、蘭陽平原，加上河流、雨林，有相當多的動植物。」徐銘謙用這種描述自然生態的方式，深深吸引了我。周聖心解釋：「淡蘭古道所經過的縣市很多，包括新北市、基隆、宜蘭和台北，除了要向中央政府提出具體方案外，更要爭取地方政府的支持。」她希望我能夠和她們一起進行官方拜訪，參加民間各種活動，包括步道健行。

從我有了自己的工作室的那一天起，我的生命同時也有了淡蘭古道。我開始陸續穿梭在一條條可以聽到溪流奔騰聲的亞熱帶雨林中，彷彿與那些曾經踏過這些山徑的先人同行為伴。

這是一種再平凡不過的感覺，就是不停地走著、走著，沒有什麼目的，漸漸回到一個人本來的樣貌，而那些原本被荒煙漫草掩沒的山徑古道在大家的努力尋找中，也逐漸重見天日。

2
象山步道的入口——在山上等著我的四個治療師

一個人本來的面貌是什麼呢？何處才是自己可以安身立命的家園呢？一年四季春夏秋冬，我每個星期都會來到象山步道的入口，我拾級而上，想要找到內心真正的自由。這樣的「儀式」已經來到第七年了，我從來沒有請假也沒有遲到過，我馴服得像是一個害怕老師的小學生。醫生說：「或許，你這樣的行為本身就是答案了。」

我緩緩地走向森林，踩著落葉或是水流，偶爾也會打擾在附近生活的昆蟲們。

「真實存在，卻經常不在的東西，總是如此難分難捨。愛欲與死亡從小住在隔壁。敲敲隔牆互傳約會訊息。我們不是常說愛到快要死掉嗎？死了都要愛嗎？」

這是我遇到的第一個老師西格蒙・佛洛伊德。我蹲下身子看著一群螞蟻正在搬運一隻蝴蝶的屍體，由於兩股力量持續不斷的對抗，這個巨大的食物在原地打轉。

「哇，破碎的老碗，終於被拼湊回原來的樣子。是誰在碗底高喊，修復舊傷痕的能力，增添了創造老碗新故事的能耐。」

這是我遇到的第二個老師梅蘭妮・克萊因，一個兒童精神分析師，研究客體關係理論的心理學家。我坐在山路旁的石椅上休息，想著自己家族的故事，那些刻骨銘心的傷痛，那些遺憾，但是這一切都在恢復正常中，而且愈來愈好。四個孫子孫女正是修復舊傷痕的強力黏著劑。

「其實啊，讓我們經驗到的，才是自由行走過的生命軌跡。不過，還是得注意腳下，那些口號和逼迫人就範的教條，是嫉妒你足跡裡的苔蘚植物想要拉長腳，看天空的智慧。」

第三個老師是唐納德・威尼科特，他坐在一片長滿了蕨類植物的岩石上等著我。他的話深深埋在我的腦海裡，我們一直活在許多教條、框架及別人的眼光中，在不斷的比較中失去了自己的價值。我們壓抑了自己內心深處的感受，也漸漸失去了感受外在世界的能力。

「風仍然是風，如果什麼也不想做的話。今天，迷離的風，七手八腳扛著風箏，在蘋果綠色天空裡，睜著大眼睛，正在尋找一個小孩。風想問那小孩，飄浮在天空的自由，是受苦或獲得。」

這個老師是第一個老師的女兒，她叫作安娜・佛洛伊德。我自從決定走上流浪之路後，想要的就是真正的自由。但是，受苦和獲得之間的差別，我們能夠分辨出來嗎？曾經以為透過流浪可以找到真正的自由，事實上，同時也在忍受著痛苦。

3 我離開這座療癒森林，我自由了

帶著這樣自由自在的心境，我開始走進過去很陌生的淡蘭古道。在不同的小徑上發現了過去錯過的東西，像是雙扇蕨、黃口攀蜥、黑鳶，還有更多的歷史遺跡。這些原本隱藏在荒煙漫草中的古道，一一被發現並且整理，成為我常常走進去的新世界。

我也終於決定離開另一個有四棵台灣梭羅樹的象山步道入口，這個漫長的治療過程前後歷經七年半。我一路唱著歌走下山，我自由了。醫生笑著說，沒有一個病人可以像你這樣乖乖聽話，每周準時來到我們這裡報到，從來不缺席不遲到。

就在我離開象山步道的時候，我才發現了第五棵台灣梭羅樹。初步研判應該是原本四棵梭羅樹的種子終於成功地茁壯了。通常台灣梭羅樹的種子很難在自然環境中發芽成長，所以當山坡地被過度開發後，台灣梭羅樹就成為稀有物種了。在我獲得自由之後，「給第五棵台灣桉羅樹一個家」的計畫，成為醫院把象山步道的入口處整理成一個療癒森林的計畫，開始執行。我想像著此刻的自己正是那第五棵台灣桉羅樹，逐漸向上伸展。

下山後收到女兒一封很長很長的信，像是來自一位頗高明的精神科醫生，在替病人長期精神治療後，寫下的最後診斷書。她給我的最後結論帶來極大的震撼，因為我一直一直在等待著一個人來告訴我這個「結論」。

那個為我進行了七年半治療的醫生，在最後的幾次治療時不斷地提醒我：「其實，你一直不敢面對一個事實，因為那個事實可能會使你崩潰。」就像一個病人站在懸崖邊，醫生決定用力推了一把，病人可能就此粉身碎骨，但是也可能因此飛了起來，從此自由了。最後，醫生始終沒有說出他口中的那個「事實」，或許他並不完全確定，或許他不忍心說出口，怕我真的就此崩潰，跌落谷底粉身碎骨。

而在那封信中，女兒卻輕易說了我猜想的「事實」：「接受自己是沒有才華的事實，你才能得到真正的自由。」我震驚的不是她的答案，而是她的答案和我內心猜測的那個「事實」是相符合的。佩索亞在《不安之書》中早已這樣寫著：

「平凡是一個家，平庸是母親的膝頭。我們進入崇高的詩歌，到達嚮往已久的巔峰，領略過氣勢磅礴的奇峰秀嶺後，才感受到平庸的好。」

結束七年半的心理治癒後，我是帶著這個答案下山的，我接受這樣的自己。就像我們推動的千里步道運動一樣，不要強調什麼宏大的理想，只要鼓勵大家踏出最簡單的一步，只是走走路而已，剩下的就留給每個正走在路上的人自己去體驗。

4 我的雨鞋和他的眼鏡——南投中寮鄉的後寮溪

我擔任這所誕生在寶藏巖國際藝術村山谷中的「台北影視音實驗教育機構」（TMS）的校長，已經一年多了，現在終於有了第二屆的學生。感覺到這兩屆學生彼此之間的冷漠，甚至敵意。於是我們在南投中寮鄉辦了一場三天兩夜的行動學習，希望藉由這樣的學習拉近這兩屆同學們的關係。

我穿著笨重的雨鞋，和我的學生們溯後寮溪。我知道我穿錯了鞋子，因為溪水不停灌進我的雨鞋裡，幾乎寸步難行。可是這也給了我一次和學生們對話的機會。當我們溯溪到比較上游的地方，所有的同學都爬上了一處更高的地方坐下來。我坐在一個面對他們的岩石上說：「其實人生沒有什麼好怕的，就像雨鞋裡盛滿了溪水，倒掉之後繼續往前走就好。」

我當著所有的學生前面，脫下雨鞋把水倒出來，就在那一刻我非常快樂，我把自己內心最深刻的感受和十六、七歲的孩子們分享。有個女學生很感動地告訴我，她聽懂了，會牢牢記得這個畫面和我的話。

自由快樂的風箏不再受苦了，因為它破碎又脆弱，反而飛得更加隨興，隨著風起舞不再那麼僵硬。它再也不被任何教條綑綁，也不再被任何外力打壓和限制。它聽到愛欲和死亡互相敲著門，提醒所有仍然活著的人們，勇敢淡定面對自己，也面對死亡，但是記得要熱烈付出愛，直到人生的盡頭。

我們溯溪來到一個很深的水潭，大家開始玩起跳水的遊戲。主任陳爸在跳水前把眼鏡交給一個在水潭裡的學生，結果學生沒有接好，剛剛才配的新眼鏡就落入潭底。陳爸堅持要潛水下去潭底尋找那副新眼鏡，一個有救生員執照的同學找來一根繩索垂下去，我趴在潭邊緊緊握著繩索。陳爸每潛水一次，所擾動的泥沙更加把眼鏡覆蓋，我力勸他放棄搜尋，因為這樣太危險了，但是他很堅持要找到。

這時候有四個男同學游了過來，一個接一個地潛入潭底，一個又一個地浮出水面，卻一無所獲。有救生執照的同學宣布說讓他再試一次，如果失敗了，請陳爸放棄搜尋。結果他也無法找到眼鏡，這場連續有五位同學自告奮勇加入尋找眼鏡的冒險終於結束。我當下非常震驚也非常感動，只因為這五位義無反顧的同學們。所謂的教育，不就是想要培養學生這種人格特質嗎？有同理心的，熱情洋溢的，勇敢堅強的，自由自在的。

真正的自由會給人帶來更多的勇氣和愛別人的能力，這次撿眼鏡事件給我極大的鼓舞，對於我們的教育方式更加有信心。

5 十年砌匠心——中埔山手作步道大會師

徐銘謙在那本由她、陳朝政、林芸姿和周聖心合著的《手作步道》導論中，用〈十年砌匠心〉作為標題，詳細描述千里步道這十年間在台灣各地進行手作步道的故事。那是在千里步道運動中，非常重要的一本書。

在我個人參與手作步道的有限經驗中，對於手作步道的領悟是，每一條手作步道都有自己獨特的風格和生命，這種獨特性就與每一個人窮畢生之力，想要追尋自己的獨特意義是一樣的。沒有一條手作步道是相同的，因為每一條手作步道的環境條件都不相同，在附近能夠就地取材的石頭、樹木、泥土也不會一樣。當然，還有人的因素，當我們在進行手作步道時，我們每一次的判斷，包括對於科學和美學的判斷，都會決定這條步道的模樣。我們要去哪裡搬石頭？我們要去哪裡找木柴？我們要不要把石塊敲碎？我們要採取哪一種工法？

例如在台東嘉明湖國家步道和屏東琅嶠卑南道的阿塱壹古道，用的是沖蝕溝工法。前者是高山脆弱地質，又是許多登山客造訪的景點，所以運用大量從現場找來的土石回填沖蝕溝，重建排水系統、改善陡坡的複線化。再搭配砌石駁坎、消能疊石、導流砌石等方式來穩固黑水塘營地。後者是自然海岸線，所以處理方式是先在南北高繞段建立攔砂壩梯，再利用附近現有的石塊重新填補鋪面，加上路緣石、土石階梯、土木階梯等。像這樣的路段都要靠解說員定期來修補和維護。步道本身不同於一般的公路，為了要保持和環境生態系統之間的互動關係，所以也有其不穩定性，需要更多的維修服務。

這十年之間陸續完成的經典步道除了這兩條外，還有花蓮的太魯閣綠水文山步道、大同舊部落步道，高雄藤枝森林遊樂區林下步道、南投梅峰三角峰步道等，一般常用的工法是砌石駁坎、砌石階梯、竹木階梯、土木階梯、砌石鋪面、橫木護坡，都是經過環境測量、調查和分析之後，盡量就地取材來完成。

・・・・

千里步道十周年的那一天，我們選擇在中埔山進行手作步道大會師。中埔山是淡蘭古道南路必經的地方，連結深坑、石碇、坪林到礁溪，如果從富陽生態公園出發前往，到達中埔山是很短的路程。就北台灣而言，已經完成的手作步道有福州山步道、景美仙跡岩海巡署支線、二格山自然中心園內步道、內洞森林遊樂區之觀瀑步道、基隆舊暖東道（屬於淡蘭古道其中一段）。

未來十年，我們要做的事情是透過一條一條的手作步道，從北、中、南，逐漸重現台灣更完整的歷史，重現台灣先民的生活方式。為了完成「淡蘭百年山徑」的計畫，千里步道協會要做的工作，除了淡蘭路網的踏查、周邊文史生態資源調查外，更要和其他官方、民間團體結盟，例行成立「大文山淡蘭聯盟」「北北基宜跨縣市合作平台」。目前「淡蘭北路定線」初步完成，「淡蘭中路」仍然在持續踏查中。我們也正在協助客家委會進行「台三線自然步道古道歷史」的調查和現地踏查、和當地的耆老做訪談、和文史工作者辦理居民的座談、協助影像拍攝，完成另一個「樟之細路」的路線。

透過充滿人道主義的手作步道精神來建構這些具有歷史、文化、生態意義的路網，最終目的，是要每個人把這樣的生活態度和思想帶回到自己居住的環境中，尤其是最多人居住的城市。因為在城市中生活的人，和大自然的一切隔離太久了。其實在城市中，我們可以推動「步行者、自行車優先」的運動，陸續建立巷弄中的人行道、城市中的單車道、交通寧靜區、公園生態化。從城市綠道到城市生態、歷史綠網的建立，也逐步可以和郊山步道、森林結合。生活在台北的人，或許已經感受到這種活動空間的改變了。

其實在我們居住的環境中可以做的事情很多，這一切的核心思想都是來自「手作步道」。當我們願意彎下腰蹲下來，搬動一塊石頭去鋪一條路時，我們會改變自己，重新為自己找到一種已經失落很久的心境和狀態。

追尋自由之路無所不在，可以從自己身邊最近的一條路開始，只要你擁有一顆自由的心。

Chapter 5
覺醒之路（2018～2021）

我輕撫鐘乳石的皺折，傾聽蝙蝠飛翔的聲音，
向每一塊石頭告別。當進入洞穴最深處一個被暱稱為「大教堂」
的空間裡，克莉絲汀要大家熄掉頭燈，在黑暗中把手伸到眼前，
證明此處真的「伸手不見五指」。我最後一次關掉頭燈，
在漆黑中靜默的片刻，腦子裡飛快轉動起過去六週的畫面，
我知道當我離開這個洞穴時，絕對不能回頭看，
否則就會如聖經中的羅德之妻，瞬間變成鹽柱，
永遠跟這些鐘乳石一樣駐留在過去的時空。
——《我在阿帕拉契山徑》徐銘謙

1 龍戰於野，其血玄黃

有一天我在整理舊物，打算一箱一箱丟棄時，忽然在一本法國的電影教材《雨季不再來》中讀到這樣一段話：

「羞辱要成功，總得兩人才行。得有羞辱者與被羞辱者，但最重要的是那一個願意放任自己被羞辱的人。要是後者不存在，要是被動的一方無懼於任何形式的羞辱，羞辱自然就煙消雲散，再也傷不了我們的靈魂。」

我決定把這本書留下來，只為了提醒

自己面對曾經有過的和未來可能出現的羞辱。生命中曾經有過的踐踏和羞辱中，莫過於那一年冬天的市長選舉。

那年夏天某個午後，我們一家人正由日本北海道札幌往洞爺湖的途中，這次旅行由兒子負責駕車，媳婦坐在旁邊負責衛星導航。由於日本是左駕，所有習慣都是相反的，所以沿途坐在前座的兩人都處在緊繃狀態。這一趟旅程全程皆下雨，直到離開札幌雨勢才漸小，眼前風景開明清爽。

我在後座昏睡時接到來自台北的訊息，在朋友們反對聲中，我貿然加入了這場「生存遊戲」的選戰。整個一百天的遊戲中敵我不分，內鬥不已，在大霧中伸手不見五指，屈辱如影隨形無所不在，我感到被眾人踐踏的痛苦，生不如死。

在最狼狽的時候，兒子捎來一封簡訊，大意是說在我當父親的那段日子，已經完成了別人做不到的英雄行徑，請我別在意此時此刻的羞辱和踐踏，他一直以我為傲。女兒頒了一個黃色潛水艇當作安慰獎，要我在餘生好好珍惜自己的名聲。我看著兒女的訊息痛哭失聲，但是並不後悔捲入這場混戰。我相信所有的悲劇都會帶來重大的訊息。

生存遊戲結束後一個月，我們一家人再度去北海道渡假，這次是為了陪伴孫子滑雪。出發前我翻出了幾本過去接受心理治療時的筆記本，被醫生的兩句關鍵分析吸引。第一句是：「你覺得生命中有一群人一直在找機會否定你，你因此不斷地反抗。」第二句是：「你藉著語言文字搭建的城堡保護真實的自己，當你述說著自己悲慘往事時，好像在講別人的故事，絲毫沒有一點情緒，更不會哭。你一直用假我面對別人。」

我想到了這場對我而言極為殘酷荒謬的戰爭，難道是為了替那場漫長的心理治癒畫上一個句號？當我的醫生在媒體上看到我在眾人前失控地痛哭流涕，那群一直想要否定我的人終於出現了。醫生會不會從櫃子裡翻出我那厚厚的、布滿灰塵的病歷資料，補充最後幾個字：「終於。那群人出現了，他痛哭不止。」然後放回病歷資料？這是我的想像。

彷彿經歷黑暗中大風雪後的清晨，陽光映照雪地，大地清朗，那個跟著我的巨大影子（另外一個被稱為作家小野的我）不見了。我只是玩了一場「生存遊戲」的電玩，一個延續七年半心理治療的完美設計。選戰結束，龍戰於野，其血玄黃，白軍慘勝，我那「巨大影子」慘敗。但是真正的我，已經在酷冷的北海道旅行。當我放掉自戀和自我中心的魔咒，曾經有過的羞辱和踐踏自然煙消雲散，甚至只是一個幻象。

原本一直擴散的仇恨和憤怒瞬間如煙一般消失。我感謝這樣的過程和結果，也更加深信，那些輕易羞辱別人的人，會被自己下流卑劣醜陋的惡意反噬淹沒。

2 覺醒時刻——我們終於成功催生了七條國家綠道

在千里步道運動倡議十二年之後，終於有了決定性的結果。國家發展委員會根據千里步道運動這十二年的成果，向行政院提出草案。行政院於二〇一八年四月三日召開跨部會會議，賴清德院長拍板定案，通過了七個國家級綠道，包括淡蘭百年山徑、浪漫台三線樟之細路、台灣山海圳綠道、糖鐵綠道、水圳綠道、南島綠道、脊梁山脈保育綠道。

其中兩條是由民間倡議的「淡蘭百年山徑」和「台灣山海圳綠道」，加上客委會已經推動了一陣子的「樟之細路」，列為三條優先示範計畫，積極推動修復和整理的工作。這個重大的突破，仰賴了我們這個社會太多太多的先知先覺者和先行實踐者，用心愛惜自己的家園和土地，用他們的手和腳，一點一滴累積起來，拯救破碎的山河大地，重建土地倫理。對於台灣而言，這是覺醒時刻，對我而言更是。我決定投入更多的心力來實現這個走了十二年的運動。我要在有生之年，踏上每一條步道，更加認識自己的家園。

這樣的工作除了走入森林、走進部落山村農漁村之外，平時還要從事更多繁瑣複雜的整合工作，打開千里步道協會平日的工作日誌，上面滿滿都是這樣不斷重複的工作：各種形式的社區陪伴、智庫沙龍、培訓課程、志工經營、專家請益、制度建立、法案研擬、政策遊說、部會溝通、社群與網站經營、出版推廣、藝術參展、國際步道組織參與、友誼步道締結、參與世界步道聯盟、爭取主辦亞洲步道大會。光是看二〇一九這一年，千里步道協會的行事曆上就有七一二筆工作項目，手作步道達七十一次，不止在台灣，還去了香港、深圳，共四十條步道上，平均每五天就辦一場手作步道活動。也企圖在艱困的國際關係縫隙中，展開國際交流行動，遍布日本宮城、鳥取和九州、韓國釜山和濟州島、美國北卡、非洲肯亞，這些工作都仰賴協會中極少的人力完成。

我不是先知，也缺乏過人的智慧，更不是一個勇敢的開創者。甚至我曾經引以為傲的一些光榮事蹟，或是少得可憐的實戰經驗，不但不足以作為參考，有時候反而阻礙我了解未來的世界。我也常常回顧過去走過的路，體認自己得到的太多，付出的太少。

唯一可以告慰自己的，至少，我是一個覺醒者，一個夢想和真理的「追隨者」。「只要有覺醒，都不會太晚。」我三十年前曾經這樣說過，三十年後我更要實踐這這句話。

我期待自己在追隨這個夢想和真理的道路上，加快腳步，能夠喚醒更多人走在這條道路上。

3 紫斑蝶和台灣人的遷徙之路

二〇一九年秋天，莫拉克風災十年之後，一群來自世界各地（台灣、美國、德國、上海）的台灣人，住進高雄六龜鄉寶來村的山澤居渡假小木屋，開始四天三夜台灣南部的朝聖之旅。他們的年齡最大九十二、八十八、八十七，最小的不到三十，其中嬰兒潮世代的四、五年級生居多。說他們橫跨百年台灣的歷史不算誇大。

我們一行二十多人原本計畫去拜訪茂林、美濃、佛光山和屏東的霧台、三地門，回程再去曾文水庫、雲林北港等地。結果意外發現，這一路上竟遇到了世界唯二的過冬型蝴蝶：紫斑蝶。山澤居也特別種植了一排蜜源植物，迎接經過的紫斑蝶。

茂林紫蝶幽谷是目前在台灣發現的最大棲地，這裡的紫斑蝶共有四種：小紫斑蝶、圓翅紫斑蝶、斯氏紫斑蝶、端紫斑蝶。（由翅膀上的白色斑點多寡，可以辨識牠們之間的差異：小紫點一邊、圓翅兩邊點、斯氏有三點、端紫亂亂點，這是台大保育社發明的口訣。）十月底到十一月，牠們往南飛，為了躲避冬天的寒冷。但是明年春天，牠們又要回到北方。

牠們飛回北方的路線從高雄的茂林經過寶來、月世界到嘉義的曾文水庫、台南的關子嶺。然後飛往阿里山的茶山、達娜伊谷、石桌，再經過雲林的林內鄉、彰化八卦山、台中大肚山，最後到達苗栗竹南海邊。飛行路線成正好和國道三號垂直相交，導致紫斑蝶的死亡。

因此在清明節，高公局和台灣紫斑蝶生態保育協會聯手推出「紫斑蝶輸運計畫」：強調「車道讓蝶道」，用封閉部分國道及架設防護網，提高蝴蝶飛行高度等方式，一路護送紫斑蝶北返。這樣的生態保育方法，算是全球首見，吸引全球各大媒體報導。

我們這行人的父執輩，有的是出生成長於日治時代，做過各種勞動工作，在國民政府來台後繼續升學，成為基層公務員的本省人；有的是在日本戰敗後就從中國大陸來到台灣，從此沒有再回去，老死台灣的客家人；也有的是民國三十八年在戰亂中驚慌逃出中國大陸來到台灣，可是當台美斷交後又移民到美國的外省人。他們的後代子孫，也循著不同的路線，找到自己安身立命的棲息地。總之，他們一輩子遷徙的路線，正是這百年來台灣人遷徙路線的縮影。

一路上我們都在享受著南台灣的陽光和風土，享受著台灣特有的農業、生態、宗教文化，想到這百年來經過大小天災人禍的台灣，卻是別人眼中最安全、最適合人類居住的國家，我們都覺得生而為台灣人，其實很幸運。

如果台灣人都可以如此善待來過冬的紫斑蝶，那麼，為什麼我們不能善待來自不同族群的彼此？

4 魔術師父親留給孩子的禮物

二〇二一年四月下旬，在出發去塔塔加展開三天兩夜台灣山海圳綠道之旅前的夜晚，我竟然失眠了，愈是心急，愈睡不著。

我的睡眠品質一直很好，也愈來愈喜歡睡覺，早已屏除「睡覺是懶惰」的童年魔咒。我反問自己為什麼失眠，唯一的可能是昨天晚上做了一場現場同步的演講，題目是「魔術師父親留給孩子的禮物」。

在這場有時間限制而且現場錄影的講座中，我預備了爸爸生前的作品，包括佛像雕塑、漫畫作品、書法、仕女圖、觀音像，我從自己對爸爸的仰慕、懷疑、反抗到發現，從抱怨到憐憫、理解和覺醒的過程，想正式而公開地還他一個「公道」。我領悟到一件事，爸爸一直以來認為用「否定」我的方式，可以激勵我不要自滿、繼續突破自我的極限。他內心並沒有真的否定我，而是以我為榮的。

因為受到自己強烈情緒的影響，我處於極端亢奮狀態。當我看到台下流淚的觀眾，我的情緒再次得到釋放，但是，在最不該失眠的時候卻失眠了。

5 攀山越嶺，要有撩下去的決心和準備

拖著失眠後的身軀，帶著一根臨時向孫子借來的登山杖，所有的穿著打扮都像只是要出門看場電影一樣輕鬆。我好像從來沒有「攀山越嶺撩下去」的準備和決心，包括去增添一些戶外裝備。可是也就這樣，我在忙亂的生活節奏中，不知不覺完成了不少登山行程。

這次我收到的行程表中，第一天是到玉山登山口塔塔加集合，然後翻越阿里山山脈的麟趾山，進入鹿林古道。這是台灣山海圳國家綠道的最高點，我不曾來過，所以無法預測它的

難度。

這幾年，來來去去阿里山很多次了，所以一路上會在哪個餐廳吃飯，會經過哪裡，都很熟了。在觸口休息時看到花旗木盛開，這倒是第一次。台灣有許多地方種植這種泰國櫻花，其實是外來種，種子落入土中時會有一種腐臭味。

和一群常常與山林為伍的朋友們一起登山，大家的話題不是動物就是植物，不然就是河流山脈，或是一些生態學家的故事，這是我感到最幸福的時刻。例如「墾丁國家公園復育了兩千隻梅花鹿」或是「一九〇〇年，跛腳的日治時期人類學者森丑之助要攀登玉山前，住在達邦的庫巴（Kuba，鄒族舉行祭儀場所的稱呼），偷了五個骷髏頭，而另一位人類學者鳥居龍藏住在特富野，也偷了五個骷髏頭。後來森丑之助不小心把五顆骷髏頭跌落出來，帶路的布農族人一看立即翻臉，因為布農族的人成年後要拔掉門齒，鄒族的人是拔犬齒，所以一看就知道那骷髏是布農族被鄒族砍下來的頭。」

說這些故事的人，是研究台灣古道的專家徐如林老師。她和已經過世的楊南郡老師這對夫妻檔，是台灣最早研究古道、原住民的先驅，為了進行研究翻山越嶺，足跡遍布台灣大小百岳。徐如林老師正是那種隨時隨地走進山林裡的人，不管多遠多近多高多陡，她毫不猶豫地就帶著簡單的裝備出發。她就是那種對攀山越嶺有決心的人。決心不完全取決於裝備的良窳，而是內心深處的力量。她走在山林中是那麼的自在快樂，隨處可見別人所不能見，一隻鳥飛過，一叢不起眼的小草，她像是鄰居一般的描述著老朋友。她的背包裡裝著一本研究報告：《阿里山鄒族步道系統——人文史蹟調查報告》，計畫主持人正是楊南郡。或許她帶著這本調查報告是為了在這趟行程中扮演一個盡責的解說者，但是我更相信她隨身攜帶丈夫的研究報告，是因為思念，思念會給她力量。我向她借來閱讀，並且決定這一路跟著她，向她請教自己不知道的事情。

人文和史蹟是千里步道串連起來的核心價值，運動和健康是次要的，唯有透過走進山林的經驗來豐富一個人的內在，才能有真正的覺醒，覺醒才能獲得真正的力量。

6 越過山丘，發現很多人在等候

我們一行人來到了塔塔加玉山的登山口，大家在這裡來張大合照。巧合的是，這一天正好是千里步道運動十五周年的紀念日。並不是故意挑這一天，畢竟這趟行程還得配合很多其他的人和團體。我自己單獨拍了一張照片放在臉書上，只寫了一句話：「玉山，我來了。」這樣做是一種嚮往，也是一種虛榮。但我們只到達玉山的山腳下，我們的目標是阿里山脈的最高峰鱗趾山，標高二八五四，其實空氣已經有點稀薄了。對我這樣一個失眠的、沒有足夠心理準備的人而言，的確有點吃力。

我想到了一個克服困難的方法，一開始趁著還有體力，鼓足勇氣緊跟著嚮導志工走在最前面，我學習調整自己的呼吸，讓自己漸漸適應稀薄的空氣。我計畫著這一路上漸漸落後，慢慢讓給後面的人，然後就算是最後一個走完全程的人，也能安慰自己說，自己是花最多時間享受這段山林步道的人。於是，我就用這樣的心情啟程，當我的速度漸漸放慢，我開始和同行的人短暫相處和聊天，聊著山林間相遇的動植物。

這次同行的朋友幾乎都是來自和山林水利相關的公務人員，他們個個知識淵博，都成為我這一路上的導師，向我解釋沿路山崖上昆欄樹、二葉松、華山松、巒大蕨、毛地黃，聊著「馬醉木上的熊蜂」「箭竹上的露水可以止渴」。他們教我分辨五葉松上的金翼白眉和白耳畫眉的差別。他們的話題都很有趣，例如「雞是恐龍的後代，因為骨骼中的骨膠原蛋白非常接近」等。聊著聊著，不知不覺，我們已經越過了山丘，走進了鹿林古道。

「越過山丘，才發現無人等候。喋喋不休，再也喚不回溫柔。為何不記得上一次是誰給的擁抱，在什麼時候？」我很喜歡李宗盛的歌曲〈山丘〉，彷彿在訴說著我們這一整代人漸漸老去的哀愁和感傷，但是自從常常走進山林步道之後，我重新找回來自大自然的「溫柔」和「擁抱」。而且，當我一次又一次越過山丘，都會發現很多人在那裡等候著我。他們會說：「慢慢來，不要趕。」所以我一點也不寂寞。

這一路上的步道，有的被落葉覆蓋，有的鋪滿玉山杜鵑的花瓣，最美的風景是我們這一路上和玉山遙遙相呼應，可以眺望玉山和正在走進玉山的登山者。他們一個挨著一個，背著行李拿著登山杖，亦步亦趨，緩緩地走進玉山，令人嚮往而感動。我鼓勵自己，總有一天，我也會走進去，爬到最高點。

7 特富野古道上的柳杉和凍拔現象

夜宿阿里山的員工宿舍，簡樸乾淨，但是附近一片漆黑，不知道自己身在何處。次日醒來才發現自己就睡在祝山步道的入口處，這是日治時期通往玉山的入口，這裡是沼平。

我拉著行李走出房間，看到徐如林老師正在對著路邊的一葉蘭拍照。她見到我第一句話就是：「昨天晚上星星好亮，月亮好圓好大。」這就是她和我的差別，她是半夜醒來走出去散步，而我卻錯過了。她從背包裡掏出了那本研究報告，指著上面的舊照片和此刻的玉山登山口對照，她開始講述這裡的歷史：「一九一二年火車來到沼平……」

櫻花季過了，只剩下兩株普賢象櫻的花還盛開著。我遙望遠方山谷間的眠月線，從前我們稱這條路線是「溪阿縱走」，從溪頭走到阿里山，其中有一條鐵道沒有任何屏障地搭在山谷中，膽小的人得趴在鐵軌上匍匐前進、驚叫連連。我在陽明醫學院任教時，和自己的導師班學生走過一次，也是唯一的一次，之後再也沒有機會了。後來我也娶了和我一起走完「溪阿縱走」的女老師，青春美麗的記憶就停留在那次驚險萬分的山林縱走中。

在第二天的行程中，我們和另外一組人會合，一起走六・三公里的特富野古道。這一行人很特別，是賴清德副總統邀請美國在台協會（AIT）台北辦事處處長酈英傑（William Brent Christensen）夫妻、副處長谷立言（Raymond Greene）夫妻、英國在台辦事處代表鄧元翰（John Dennis）、新加坡駐台北商務辦事處代表葉偉傑等人，一起走極具特色的特富野步道，希望透過這次的行程，向他們介紹台灣山海圳國家綠道。

這些年來一直支持千里步道運動的賴副總統，用「健康台灣千里共行」的概念和實際的行動（他每個月走一條步道）來鼓勵民眾一起走進山林，他用醫生的角度來解釋步道運動的意義：「國人健康平均餘命超過八十歲，但是處於不健康的狀態是八・四年，表示台灣人平均有十%的生命可能是臥病在床、坐輪椅，或是需要照顧的。所以，我們要多多走進山林。」

在陽光下，玉山浮現了，它在我們的東方。過去我們習慣見到的玉山角度（千元大鈔上的畫面）是由北往南拍。我當場請教阿里山管理處的處長有關神木的問題，他告訴我一個正在進行的研究報告，其實有些神木是由二、三株的紅檜木在生長中自然合併在一起的，所以實際的年齡並沒有那麼老，這個報告尚未對外公布。

當我們說到原生種和外來種的植物之間的差別，柳杉是一個很好的例子。日本人對柳杉有一種崇敬，在日本許多地方都可以看到柳杉的巨木，成排成林，供遊客們朝拜，日本國土遍地柳杉，已經造成日本人對花粉過敏。日本人在百年前引進柳杉來台灣種植，從溪頭的森林區開始實驗，發現生長速度竟然比日本快一倍，認為是一項重大的成功，於是又在阿里山大量種植，取代原本阿里山珍貴的紅檜和扁柏，國民政府遷台之後仍然繼續這樣的造林政策。快速成長的柳杉樹幹材質鬆軟甚至空心，成長期短，凋零得早，失去原本種植的價值，成為水土不服的外來種，但是如果大量移除又會造成水土保持的問題。這是一個造林失敗的例子，也是外來種和原生種的差別。特富野古道上的柳杉，正訴說著這個造林失敗的故事。

這些年特富野古道上有柳杉陸續倒下，是因為「凍拔現象」造成邊坡土壤掏空。這種現象是因為水氣從土壤空隙往上蒸發時，遇到冷空氣後結冰，土壤體積增加把植物拔起。特富野古道在冬天的晚上溫度會低於零下，就會產生凍拔現象。前一陣子，來自運動品牌「XTERRA」的二十多名志工，在嘉義林管處和千里步道的步道師協助下，進行手作步道式的修復工程。

這群志工們在過去一次又一次的「手作步道假期」中，已經有了豐富的「創作」經驗，他們找來柳杉倒木，鋸成他們需要的長度，在溪澗尋找適合的石塊抬上古道。嘉義林管處在水山線疏伐木材時保留了一批枝梢材，也提供給志工們當作「木格框護坡」所需材料。除了運用木、石結構組合的「木格框護坡」外，還有一處是寬七公尺高五公尺的大面積邊坡，是運用打樁編柵工法，採用很厚的落葉層來減少土壤溫差，鞏固邊坡防止土壤流失。XTERRA 的志工們正是台灣所有步道志工們的縮影，他們在荒煙漫草的山林中，把手作步道的技術提升到一種工藝的境界，甚至是一種充滿個性和美學的山林藝術。

8 寫下歷史的世界五百條步道

走特富野古道時，我走在隊伍的最後面，所以沒有錯過一些美麗的事物。同行朋友的話題依舊很有趣，例如走到一．三公里處有一個亭子，立刻會有人說：「你看那是檫樹。」我也立刻接著回答：「那是寬尾鳳蝶的最愛。」我在宜蘭太平山見過這種樹，所以知道在那裡可以找到寬尾鳳蝶。我的知識也正在增加中，但在這種地方，我不敢承認自己是師大生物系畢業的。「你知道嗎？隨著生物鑑定的科技發展，會推翻過去許多植物的分類，很多植物其實是同一種，只是因為種在不同的地方，演化出不同的外表形狀。」一個朋友這樣說，我心裡想，讀大學時花了許多時間背誦動植物的分類，也許都在浪費時間。

走到特富野古道三．七公里處是一個重要轉折點，會開始走下坡路，林相由針葉林迅速改變為濶葉林，動植物的種類也會改變，例如阿里山榆出現了，冠羽畫眉也來了，沿路有天南星、稀子蕨和鳳尾蕨。有個年輕的朋友在樹梢發現了很微小的「雙斑黑條蠅虎」，通草葉子背面有「沫蟬」。兩個朋友聊天的話題是「剛剛看到的蛇好像是菊池次龜殼花，這趟沒有找到山椒魚。」我有一種錯覺，彷彿又回到讀師大生物系時在做田野調查的時光，夜晚住在帳篷裡，外面掛著一塊打著燈的白布，守候著夜行性的眾多蛾類到來。

我們的話題全是關於生物的種種。有人問我後來所有和媒體傳播相關的工作和生物系無關，再重來一次會不會改變大學的科系。我的答案非常清楚，還好我當初讀了生物系。這和後來的職業無關，卻和自己的思考方式、行為動機和看待世界的角度有關。大自然教會我的是共存共榮，而不是只有適者生存和優勝劣敗。

我利用貴賓們在達邦部落的餐廳享受阿里山美食的短暫時刻，拿出了那本《寫下歷史的世界五百步道》，向大家介紹這本書。我特別翻到美國東部的阿帕拉契步道，給台北辦事處處長酈英傑夫妻和副處長谷立言夫妻看。許多人是因為讀了徐銘謙寫的《我在阿帕拉契山徑》而更認識這條四億八千萬年前誕生、長達三五二四公里的史詩級步道，從南方的喬治亞州一直延伸到東北的緬因州。關於英國，值得一提的是位於北英格蘭的哈德良長城步道，是兩千年前羅馬皇帝——一位藝術收藏家和人道主義者，為了防止皮克特族入侵而建造的長城步道。

台灣只有一條步道被記載在這本書中，正是八通關古道。書中介紹這條位於台灣玉山國家公園的古道，是描述兩個帝國主義國家為了方便統治卑南族、鄒族等原住民，先後闢建了橫貫台灣東西部的公路。清廷所建的一五二公里已經因莽榛蔓長而湮滅，目前能夠行走的，是日治時代由東埔橫越中央山脈到山風登山口的九十公里。

期待我們這一代人正在努力修建的古道和步道，會成為未來子孫們繼續行走的路徑。我想要說服我們的國家和社會，把完成七條國家級綠道的計畫，變成國家重大的生態維護工程，或許半世紀後也會陸續成為世界級步道。

9 雨季會來臨嗎？

我坐在達邦部落餐廳外面的二二八紀念碑上，仰望著由晴轉陰的天空，會不會下雨呢？這一路上，我們的話題其實一直沒有離開過水和雨。二〇二一年四月底，持續的乾旱已經造成水庫見底，河床乾涸，比已經蔓延一年多的肺炎病毒更直接影響到大家的生活了。

對面躺著十隻慵懶的貓，和一群狂吠的狗，據說是獵人打獵時用來追山豬用的。下午四點左右，感覺上快下雨了。有一輛車駛入廣場，下來一個中年男子，問我說有一個外國女人賣麵包，是在哪裡？我說不在這裡，是在來吉部落。他查了一下手機，和車子裡的友人討論一下。我心想，難道他不知道阿里山不是一座山，也不是一個點？難道不知道部落和部落之間很遠？從這裡去來吉部落天就黑了。我知道那個人要去來吉部落的 HaNa 廚房，因為在網路上很紅，那一刻我好像已經是這裡的主人，而不只是過客了。

下午四點十六分，我的臉上被滴了雨，終於下雨了。之後我們往南走向海邊的行程，雨斷斷續續地下著，雨季終於來臨了。

欣喜之餘，我想起徐銘謙把她在阿帕拉契山徑工作的經驗，和她返國後加入千里步道運動的經驗做了比較，她認為千里步道運動並不會遠離人群，反而是要走入人群和社區。她認為目前台灣方興未艾的千里步道運動已經朝著幾個大方向前進。她這樣分析著千里步道運動：從扭轉開發思維、喚起民眾保護現存美景而言，這是「大地倫理運動」；從下而上的自力探查、規畫、重新認識家園周遭的故事而言，這是「鄉土文化運動」；從主張行人與自行車自然路權，爭取在城市與道路安全行走的空間，這是「人本交通運動」；而她也同時看到潛藏其中的內在可能：即是在不同族群、語言的人與人之間，重新建立新連結的「共同體運動」。

徐銘謙所提出來的這些思考，其實也把我對千里步道的期待更具體地描述出來。在我目前的日常生活中，正一步步的實踐這些運動。

當我透過一條條步道愛上自己的家園時，人生也漸漸走向盡頭。我有一種幸福的感覺。

這才是真正的覺醒。人只要有覺醒，都不會太遲。我重複著這句話，像山谷中傳來的遠雷，像久旱後的甘霖。

輯二

島嶼的歸途

Chapter 6
鯨魚之歌——山海圳綠道之一

掇一想起福爾摩沙島上成群的奔鹿，
翠綠色羽毛的水鴨在河裡戲水。河邊尖長嘴巴的鶴鳥，
翅膀上披著彩虹的七彩。正午陽光熾亮，
照在說不出名字的花朵上。花心透出旋目的紅艷。
闊葉植物滋意攀爬，在葉子頂端伸出一隻壯碩的雄蕊，
果實熟得飽滿多汁，隨時溢出香氣，碰一碰想要爆裂開來⋯⋯
——平路《婆娑之島》

1 九隻海翁

跨過了被病毒疫情肆虐的二〇二〇年之後，二〇二一年初又遇上了使台灣各地下雪的寒流。所以當陽光乍現時，那種被熱情擁抱的感覺就顯得格外美好。我坐在台南香格里拉飯店九樓，參加「豬頭國小返校日」，聆聽著一首又一首的歌曲。最近因為一句「有路，咱沿路唱歌。無路，咱蹽溪過嶺」而聲名大噪的謝銘祐，唱了很多和台南有關的歌曲。他直截了當地說出他心目中前三名的台語歌曲，第一是陳明章作曲的〈下午的一齣戲〉，第二是陳揚作曲的〈桂花巷〉，第三名是王明輝作

曲的〈悲傷無話〉。這次他挑選了〈桂花巷〉來唱，因為作詞者吳念真就坐在我旁邊。那一瞬間我忽然掛念起好久不見的陳揚，去年他還向我要了三首用昆蟲作為主題的歌詞，可是因為身體狀況不好，已經拖延了一年還沒有完成。這是我第一次試著把昆蟲的行為，轉為人的情緒，然後變成一首歌，我期待陳揚來完成這三首歌。

謝銘祐唱著一首又一首的歌曲，夾著我不停湧出的記憶，使我進入一個奇妙的世界。彷彿躺在母親溫暖的懷裡被緊緊地摟著，有種莫名的感動和感恩，想著自己從這片土地上所得到的豐富滋養，就算是此時此刻閉上眼睛，再也沒有睜開，也心甘情願。

謝銘祐說他最近替一所正在興建中的台南九份子國中小寫校歌〈九隻海翁〉，這恐怕是全台灣少見用台語唱的校歌。九份子是座落在舊台江內海的區域，台江內海舊名「海翁窟」，海翁是鯨魚的意思，因為這裡曾經是鯨魚終老的家園，荷蘭古地圖上也標示這裡叫「鯨魚骨」，這裡曾經挖出許多鯨魚的骨骼。謝銘佑選擇用三拍的曲調來表現校園裡孩子們歡樂進取的精神：

無歇睏　時間會飛
九隻海翁位窟仔底

泅入新土地
Learn and play, then we rock the world.
勇敢冒險　海的子弟
未來開始畫九隻海翁
有五彩的夢
愛自由的心
泅啊泅　地北天南
世界闊闊　佇遐等待我
一湧一湧向前行
南風吹　鹹鹹的溪
天邊的星拄浮出來
伊即爾美麗

這首優美校歌的出現，更加突顯了過去半個世紀，我們是活在思想被禁錮的時代。記得我的初中校歌開頭是這樣的：「玉峰巍巍，綠竹漪漪，華江毓秀，氣象萬千……」所謂的華江其實是一條又臭又髒的黑色水圳，所謂「氣象萬千」的環境，是蓋在垃圾掩埋場上的校舍新建工程進行時，校園惡臭撲鼻。記憶中的學園黃土飛揚、非常荒涼，我曾經發起一個「綠化校園」的活動，帶動全班同學去南機場挖草皮種到教室外面，校長為此還特別召見我，那首文言文的校歌歌詞就是他寫的。那個時代的校歌大概都是那種模樣，算是「時代精神」吧？

我們那個時代的人，一直被迫活在虛幻的世界，無法面對自己真實生活的情況，找尋真正的自己。

也因為〈九隻海翁〉這首新的小學校歌，使我想起了十年前，二〇一一年的那一天，我們一群人聚集在舊台江內海的海尾寮，宣布了一件影響未來深遠的大計畫。

2 千里步道的起點，也是歷史的起點

「千里步道運動」剛起步的幾年，除了路線的調查外，拜會各縣市首長說明我們的計

畫是非常重要的工作。消失在山林間的各種官道、原住民部落的狩獵古道、遍布嘉南平原的糖廠和鐵道、河流水圳水庫的水道等，都各自隸屬不同的地方政府、不同部門的管轄，如何將這些步道、古道、水道整合、修復、串連，是千里步道運動和民間團體最大的挑戰。二〇一一年十月十九日是「千里步道運動」很值得紀念的一天，「山海圳綠道」的名稱，就在這一天正式對外宣布。

那天下午三點鐘，計畫催生者吳茂成精心安排一場賴清德市長和我，在台南安南區海尾寮鄭家老宅外的文學對話。正好緯來日本台正在播大澤隆夫主演的連續劇《仁醫》，媒體報導賴清德市長和大澤隆夫長得很像，於是我找到了一個輕鬆的開場，氣氛變得很活潑。我們聊聊童年上學之路的點點滴滴，談到文學和愛情，台下笑聲不斷，最後我們才把話題轉到「台江山海圳綠道」的大計畫。

當時我提出從歷史的角度來看，以「台江內海」為起點的台江山海圳綠道，非常適合作為「台灣千里步道」的起點。因為這裡曾經是西拉雅族的傳統生活空間，也是台灣在世界史上浮出檯面的地方。從荷蘭、明鄭到清代發生過許多戰爭的古戰場，一八二三年曾文溪氾濫改道，使台江內海淤積，多了一大片新生土地，成為台南人第二次遷移的地方，有了台江十六寮，也就是現在的安南區。在這場輕鬆的文學和歷史對話後，這條後來愈加愈長的「山海圳綠道」就誕生了。

座談會後，我們和小台江師生騎著單車走一遍未來台江山海圳綠道的路線，小台江師生們是最早開始關注這條水圳之路的團體。這條路線初步規畫的自行車道，是沿著嘉南大圳及鹽水溪排水的防汛道路旁而行。綠道的起點考慮是在台江國家公園四草湖，經過九份子生態社區、海佃路和安和路，跨越山海圳綠道橋。之後向東行經台灣歷史博物館、南科新港社文化館、曾文溪水橋、渡仔頭、官田水橋，終點是烏山頭水庫，總長四十五公里。這樣的路線非常理想，符合二〇〇六年千里步道倡議時的論述，在行經步道的途中，會有環保生態、文化地景、歷史古蹟、地質變化和不同族群的生活等。不過說起來很簡單，未來要克服的難關卻非常多，包括預算的取得，工程的品質等。二〇一〇年五都縣市合併成為直轄市後，給了土地重新規畫的機會，台南市搶先把山海圳串連在一起，成為未來重要的施政目標。

晚上在海尾朝皇宮廟口，我以「作家的條件」做了一場演講。我提到童年在艋舺上學途中吃到許多南部口味的小吃，後來才知道有許多從南部來台北生活的人都住在加蚋仔（南萬華）。原來我在童年時期就已經受到來自南部文化的洗禮，包括語言的腔調。

我彷彿一尾流浪的鯨魚，在海裡泅游了很久很遠後，終於找到了一個可以終老的家園，所有的氣息都是那麼的熟悉。

我們終於可以在自己的「海翁窟」做點有趣又有意義的事了。

3 在嘉南大圳旁種下紫楝樹和茄冬樹

二〇一二年二月底，我們在福州山完成台北第一條櫻花手作步道，緊接著在三月初我們來到了台南，啟動「台江山海圳綠道」的工程，從去年正式對外宣布到規畫、動工，不過才四個月。

市府團隊和台南民間團隊共同發起了三代種樹的活動，二〇一二年三月十一日當天，在台南郡安路安順橋東側的嘉南大圳堤岸，大動作地把靠近堤岸八百公尺長、一公尺寬的水泥地鏟除，改為植栽用土壤，進行種樹活動。這樣看起來簡單的動作，其實是要動員政府所有相關的部門才能澈底執行。

這個大動作的宣誓，從此開啟長達十年的山海圳步道整治工程。當時種下的本土紫楝樹和茄冬，如今已經有三層樓高了。紫楝樹是我最愛的樹之一，在南部的陽光下生長快速。紫楝樹原來叫苦楝樹、苦苓樹，因為台灣人不喜歡苦苓這個台語發音成可憐的名字，覺得會帶來厄運，甚至會用各種方式鏟除。所以我們就決定改名叫它紫楝，很有詩意的名字。

二〇一二年的春天，在嘉南大圳旁種下一批紫楝樹和茄冬的幼苗，對我們而言，就像我們對這片土地的承諾和承擔，為了我們世世代代的子孫。也就是在這一年，我成為了阿公，從此以後我的孫子孫女們陸續誕生在這個島嶼上。成為阿公的我不但沒有過著含飴弄孫的退休生活，相反地，我有著不能坐以待斃的焦慮，於是積極投入了許多社會運動，南北奔波，參與了反國光石化運動，之後投入反核四運動。經過大家的堅持和努力，終於成功地擋下了這兩個極可能造成台灣大災難的計畫。社會在這段時期房價飆漲，年輕人的情緒動盪不安，陸續發生洪仲丘事件、大埔事件、工人關廠事件等，一直到太陽花運動之後來到了最高潮。我們一群戰後世代出生的朋友們，也對這些事件付出了關懷。

從二〇〇六年開始的千里步道運動，對我而言，正是一種自我療癒、流浪的過程，到了二〇一二年，又是一個新的「自我救贖」的開始。在我的想像中，透過全島步道的手作和連結，人們謙卑地彎下腰親近土地，彷彿正一點一滴地縫補著社會的傷痕，也為自己內在提供穩定而強大的力量。

4 換個角度思考台灣的歷史

站在山海圳綠道的起點——台江內海，這個歷史上的古戰場，一個台灣歷史改朝換代的起點，知道歷史的人會告訴你，當年鄭成功是如何利用大潮來臨前的天象，來鼓舞軍心士氣，小說家也不會忘記換個角度來看荷蘭人的心情。我記得擅長用文學作品來反映歷史的作家平路，在她的小說《婆娑之島》描述荷蘭最後一任官員揆一的心情：

揆一想起福爾摩沙島上成群的奔鹿，翠綠色羽毛的水鴨在河裡戲水。河邊尖長嘴巴的鸛鳥，翅膀上披著彩虹的七彩。正午陽光熾亮，照在說不出名字的花朵上。花心透出旋目的紅豔。闊葉植物滋意攀爬，在葉子頂端伸出一隻壯碩的雄蕊，果實熟得飽滿多汁，隨時溢出香氣，碰一碰想要爆裂開來……

阿伯特（Albrecht Herport）在他寫的《東印度旅遊見聞》中，詳細描述了鄭成功和荷蘭人的那場戰役：

「一六六一年四月三十日，上午及全夜，有濃霧，不能遠望；然後霧散了之後，我們就看見有數不清那麼多的中國木船，在北線尾港口。桅檣甚多，好像光禿禿的樹林。我們不勝驚駭，因為這是連長官自己也沒有料到的事情，不知道那是我們的朋友或敵人。」

「中國人所用的武器是腰刀，是固定在木柄上的像鉞那樣的大刀，以兩手握著而用之。又有弓和箭……中國人從頭到膝部為止穿著鎧甲，頭上帶著鋼盔，以保護頭和項頸，只露出著眼睛。鋼盔上有個鋼鐵的尖頭，可用於衝刺敵人。」

「這位牧師並不因受刑的痛苦而放棄職務，卻仍至誠地安慰他們，勸他們為了上帝及其鴻恩而堅守信仰，至死不渝，即使像他一樣地受虐待，也不可屈服。這位牧師在十字架上活到五月五日為止，終於很快樂地死了。」

「敵人在若干天之前，帶了兩千人及約三十個荷蘭俘虜到南方的皇帝的國土裡去（這個皇帝的領域，在台灣島上向南及向北有十七處部落以上。）無疑地是想試探：皇帝是否願意投降他們……皇帝卻和他的官員議定了一個計畫，要在夜裡襲擊中國人，也通知了荷蘭俘虜，叫他們準備協助。」

歷史是為了呈現真相而存在，就像以羅妹號事件及南岬之盟為背景的歷史大戲《斯卡羅》，劇中的敘事者換成了法裔美國人李仙得後，就可以把台灣的歷史放在世界史的大架構中來理解。

換個角度來思考台灣的歷史，會使我們的視野變得更開闊，看得更遠更深，更清楚。「歷史從來不會被大雨沖走，未來總是在一場大雨之後。不是每一次都等得到彩虹，泥濘的路我們還是要走。」這是我和陳揚合作的歌〈不後悔的愛〉，放在紀錄片《尋找台灣生命力》中。

最近台灣的文學創作正掀起一片歷史小說的風潮，作家們努力用不同角度思考，呈現台灣歷史的真相和全貌。

5 充滿生命力的七鯤鯓

現在的安平在荷蘭人統治時叫做大員港，南邊有七座沙洲所組成的帶狀陸地即為「七鯤鯓」。鯤是鯨的意思，鯓是鯨魚隆起的地方，所以外表看起來是七條鯨魚互相咬著尾巴。這種被潟湖和內海包圍的濱外沙洲是台灣特有的地形。

一鯤鯓正是當年荷蘭人第一眼所看到的「安平」，當時只是一個四面皆海水的孤立沙洲島嶼，居民是馬來人種的部落Teyoan，明朝陸續把這個沙洲島嶼音譯成大員、台灣（這也是後來台灣本島叫做台灣的原因，其實當年只是一個外海沙洲部落的名稱），後來的移民把這個原本叫「台灣嶼」的沙洲改稱一鯤鯓，荷蘭人在上面建立了熱蘭遮城（安平古堡），也就是現在的安平。

清朝在二鯤鯓建立了炮台，現在叫「億載金城」，億載金城南方接近安平港口對岸是三鯤鯓，隔著一座橋，夜晚漁火點點，又稱漁光島。目前的「鯤鯓社區」就是原本的四鯤鯓，喜樹是五鯤鯓，灣裡是六鯤鯓，白沙崙是七鯤鯓。在荷蘭時期，統稱南汕，在大員港北邊的島嶼稱北線（汕）尾島，更北的叫隙子島。這些南、北汕的島嶼和台灣本島之間寬五公里長三十公里的內海就稱為「台江」。荷蘭人在本島建立行政中心普羅民遮城（清朝改建為赤崁樓），隔著台江和熱蘭遮城遙遙相呼應。其實這些地形和曾經發生的歷史，很像是台灣的縮影和象徵，在不斷的變動中找到生存的方法和意義，是一首鯨魚之歌。

台江逐漸陸化，成為國際級的濕地或是魚塭，成為許多動植物棲息生長的地方，例如黑面琵鷺、長腳鷸（高蹺鴴）、反嘴長腳鷸等一百八十種鳥類，是一個充滿多樣性、生命力勃發的土地。台江留下的痕跡只剩四草湖和鯤鯓湖，其他陸化的地方就是目前的安南區、七股鹽山、鹿耳門一帶。這些年有些台灣的電影在這一帶取景，像黃信堯的《大佛普拉斯》、鍾孟宏的《一路順風》等，呈現了在過去台灣電影中少見的地景地貌和奇幻美學，成為台灣在八〇年代新電影浪潮之後的一個新起點。

6 千里步道的另一個起點——冬山河

二〇一二年，我們除了在台北和台南各自啟動了一條不同長度的步道外，年底也在宜蘭冬山鄉做了一條千里步道的「示範道路」，這也是一個重要里程碑。

這段道路全長大約一・三公里，位於宜蘭冬山河上游的新寮溪、舊寮溪之間的太和村和八寶村，中途會經過游氏家廟。所謂的示範就是採用「最理想」的步道設計，盡量打掉水泥柏油路面，改用透水磚、碎石、泥土，用低矮LED石燈取代原本很高的街燈，降低光害，附近農田禁用除草劑，兩旁加種台灣原生植物，僅提供步行和單車通行。短短的一．三公里區分為水圳、田園、水岸、社區、生態及休憩區，包括歷史建築物、文化景觀、農村生活和生態，這些都是在二〇〇六年倡議千里步道時的理想步道。這段期間最困難的當然是要取得附近土地所有人的認同甚至捐贈，所有工程都由宜蘭縣政府、羅東社大和千里步道協會共同策畫。各地方的社區大學，一直是千里步道運動這些年向下推動時最好的夥伴。

示範步道啟動儀式非常熱鬧，像是整個冬山鄉在辦喜事。由一直熱心參與的羅東社大孔明車隊，帶領來自各的地步道志工，在美麗悠閒、充滿山光水色的步道中，騎著單車到太和村游氏家廟前集合。大家一起在道路旁栽種數百株蜜源植物，最後由林聰賢縣長、立委田秋堇和我一起種下一株原生樹種台灣魚木。台灣魚木屬於山柑科，有特殊的香氣，會吸引許多紋白蝶、淡黃蝶端紅粉蝶、黑點粉蝶。由於材質很輕，可以用來做浮標釣魚，也可以雕刻成小魚釣烏賊，魯凱族原住民會將魚木樹皮搗碎後放在溪裡毒魚，毒性並不強，所以只能毒小魚。

我無法忘記第一次見到冬山河的感動，那是一九九〇年的夏天。當我們《尋找台灣生命力》的紀錄片團隊走遍全台灣後，來到了接近完工的冬山河水岸。團隊中幾位學建築的朋友幾乎發狂了，終於找到我們心目中台灣最美的風景，那是我們期待未來台灣的模樣。

什麼才是台灣的模樣？從三十年前覺醒後啟動的探索，都是想要擺脫台灣在歷史上始終是帝國邊陲和殖民的宿命。當時負責設計冬山河的郭中端和日本象集團像苦行僧一樣，去中國大陸沿海尋找閩粵移民的建築，去閩西看客家土樓，也去花蓮台東的溪裡找大理石、麥飯石，在秀姑巒溪找有貝殼化石的帝王石，模擬蘭嶼達悟族用卵石堆砌的半穴居房子。

當郭中端決定以八百個小學生所設計的彩色陶瓷片、彈珠、玩具作為鑲嵌畫，鑲入兩岸用洗石子砌成的矮牆時，陳定南曾經有點疑惑，因為洗石子對宜蘭人而言太平凡了，住宅甚至墓園隨處可見。「所以才決定用洗石子，我們要找到它的美。」郭中端終於說服了陳定南。

當時我們看到冬山河時正是黃昏，風輕拂河岸青草，金黃色的光影隨風流動。我們想到的竟然是十九世紀法國新印象派畫家秀拉的作品《大碗島上周日午後》和《阿涅爾的沐浴》。冬山河岸洗石子矮牆上的彩色鑲嵌工藝，就像秀拉作品中那些由純粹顏色的小點所構成的色調，有著一種肅靜、深沉、平穩、嚴謹和安詳。三十年前在宜蘭的一條河流，竟然成為後來全台灣河濱步道和公園的示範。在生態、文化甚至教育方面，宜蘭始終是一個超前示範的地方。

我終於明白自己內心深處所渴望的家園，不只是帝國邊陲和被殖民的小島，而是一個有崇山峻嶺又面向大海，有自己獨特文化的地方，人民過著自由、安靜的生活。

當年的冬山河對我是一個啟蒙，它帶給我對自己家園的快樂想像。此時此刻所啟動的山海圳綠道，則是夢想的實踐。冬山河很短，山海圳很長，卻都是千里步道的起點，就像少年時代的我，在黃沙滾滾、臭氣四溢的初中校園發起的「綠化校園」活動，都是一個善念，一種嚮往，一個行動的起點。

從過去到現在，一直有人努力在自己的土地上，寫出不同於過去的歷史，我們可以從任何一個「起點」出發。

兩點之間最近的距離就是立刻起身出發，而千里步道的起點，就在你的腳下。

Chapter 7
田園之歌——山海圳綠道之二

人們總是等季節來到已有些日子之後纔注意到新的季節來了，
而也在此時纔覺察到上一季節早走了。那廣闊田園裡的莊稼，
那原野中、田埂間、道路旁和前庭後院裡的草木，
都是在人們一場好睡的夜裡偷偷萌了芽，
茁壯了，結實了的啊！
——陳冠學《田園之秋・初秋篇》

1 大自然可以教會我們的事

自從二〇一一年十月十九日參與「台江山海圳綠道」的啟動之旅後，我從漫漫長夜的療癒、流浪之路，逐漸走向了自我救贖之路，除了繼續協助推動千里步道運動外，我也把這樣的心情帶到自己每天的起居生活中。我常常想起隱居山林的陳冠學。

二〇一一年的夏天，田園詩人陳冠學走了，他最不喜歡的季節就是夏天，他曾經在他的著作《田園之秋》中這樣描述夏天：「當五月春將去，夏逼來時，幾次揮手送別了客鳥北歸，接著炎夏一到，不僅

在炎熱的氣溫下懨懨無聊賴，不僅沒有了春花爛漫，尤其不見那好多彩的好影，豐美的好音。夏，於是更顯得索然無俚。」他喜歡秋天的理由除了天氣涼爽之外，更在乎的是那些來由北方飛來過冬的候鳥。

在上個世紀八〇年代，當我瘋狂投入電影工作時，陳冠學返回屏東北大武山下新埤鄉萬隆村的老家，過著晴耕雨讀的田園生活，那一年他才四十七歲。之後他陸續發表的田園散文，成為我們這種都市人對於渴望回歸大自然生活的慰藉。所以我在九〇年代終於想過大隱隱於市的自由生活，三十七歲後就辭去五光十色的電影工作，回家陪伴孩子成長，也寫下一系列親子散文。

他在一九九四年出版的《父女對話》深深感動了我，當時他書中的女兒岸香還不到五歲。岸香喜歡種子，對於大自然的觀察極敏銳，這些個性和我的女兒很像。岸香挑戰爸爸說動植物一定要有名字嗎？如果只是共存，仍然可以欣賞到一切的美好。童稚的語言往往像是詩人的詩或是哲學家的智慧語錄。我會想到兒子在讀小學時，曾經模仿唐詩寫過這樣的詩句：「若能言萼名，必是山中人，但無山中人，讓萼永無名。」或許因為和田園詩人有相同的體驗和共鳴，我一直想從他的書中得到堅持簡樸生活的力量。

陳冠學拒絕讓女兒接受體制內的教育，這樣的決心和勇氣使我很想要認識這對父女，於是鼓足勇氣把自己關於親子生活和教養的書寄給了陳冠學，我是向朋友汪笨湖打聽到地址的。後來他用很工整漂亮的字向我致謝，並且表示這些書是給孩子閱讀的「優良讀物」，我們之間的互動就止於那封信。我知道他是一個不想被打擾的人，我已經完成了自己想要和他分享的心願。

後來每當我遇到汪笨湖時，都會問起那個資質聰慧並且脫離體制內教育的小女孩岸香，現在怎麼樣了。因為我也一直為被困在體制內受教育，一心想休學的女兒陷入痛苦狀態感到十分焦慮和不安。汪笨湖一點一滴告訴我岸香的學習進度，他告訴我岸香的英文能力非常好，十多歲已經可以翻譯文學作品。後來也知道在家自學的岸香，在二〇〇四年去紐約布魯克林就讀音樂，如今已經是一位四處表演的女高音聲樂家。

2 掛在床頭屬於大自然的月曆

就在陳冠學走的這一年，我們追隨著他所信仰的理想生活前進，繼續鼓吹著生活中的另一種可能和幸福，若干年後我終於也成為一所體制外的自學機構校長，更能了解到詩人為什麼不忍心讓孩子接受體制內教育的決心了。原來，大自然可以教會我們的，遠遠超過教室裡的知識傳授。

我的床頭從此每年都掛著來自台江內海「大廟興學」送給我的山海圳綠道民俗月曆，它彷彿是為我開出如何向自然學習的診斷書，提醒我在忙碌的城市生活中容易遺忘的細節，那些在陳冠學心中更重要的事情。那些季節變換的天光雲影、雨絲風片、小花小草的枯榮、悅耳動聽的鳥聲。

這個傳統民俗月曆其實就是農曆，隨著節氣變化而有充滿大自然和植物的名稱，例如端月是一月，端是「正」的意思，所以也稱「正月」，立春雨水來了，農曆年也到了；花月是二月，在驚蟄下蟲鳴花開，各種各樣生命騷動起來；桐月是三月，充滿了生命力，也是清明節掃墓的日子，「瘋媽祖」也是在這個時候；梅月是四月，天氣溫熱起來，「王船祭」開始了；五月是蒲月，仲夏日會引來各種蚊蟲染病，所以端午節要插艾蒲、喝雄黃酒、掛香包、划龍舟驅邪避兇；六月是荔月，有大暑和小暑兩個暑氣灼人的節氣；七月是巧月，立秋處暑，天氣漸漸轉涼。中元普渡是最重要的節日；八月是桂月，要過中秋節了，迎來白露秋分；九月是菊月，寒露霜降菊花開，秋高氣爽的天氣；十月是陽月，是個明亮的季節，芙蓉花開了；十一日是葭月，大雪冬至蘆葦迎風飄揚，蘆葦就是葭。葭月內最重要節氣為冬至；十二月就是臘月，大寒小寒接連來襲，祭神敬祖稱之為「臘」，臘腸臘肉等便是如此來的。

自從床頭掛了這樣充滿和大自然的呼吸、節奏同調的農民曆之後，我走在台北街頭常常看著路旁的行道樹發呆，不免會有一些浪漫的想法。羅斯福路如果叫作木棉大道，敦化南路如果叫作台灣欒樹之路，仁愛路如果分成樟樹段、榕樹段和楓香段，忠孝東路改成大王椰子路，還有菩提樹路、茄冬街，會不會更好聽？

從台灣的許多老地名可以感受到先民來到島上，看到什麼就叫什麼的過程。有「坑」字的便是發現了坑，只是大小深淺之別；有「窟」字的是發現了洞穴；有「埔」字的便是靠河的沙洲；有「崁」字的便是靠著山，可以是山谷或崖壁；有「崙」字的就是比一般平地略高起來的小山丘；有「澳」字的便是可以停泊船隻的河灣；有「汕」字的必有魚可撈或捕；有「崎」字的表示有崎嶇難行的山路；有「灣」字的必有彎彎曲曲的河道。

記得一件有趣的事情。台北的基隆河截彎取直之後有了河濱公園。當時相關部門邀請我參加公園的命名，因為附近有「大直」，於是我就建議公園取名「大灣」「小灣」，效法先民們的命名，後來不敵「迎風公園」的支持者，當時心裡很不服，覺得這個「迎風」像是教科書上的字眼，少了野性。

我們應該師法自然，而不是被愈來愈多的框架和教條給綑綁，變成僵化的工具。我在二〇一九的日記扉頁上寫下這句話：「一個人從來不比他什麼事都不做的時候更活躍，從來不比獨處時更不寂寞。」這是羅馬時期的哲學家老加圖（Marcus Porcius Cato）的名句。於是，我又重新回到已經延長後的台灣山海圳綠道。

3 大圳之路

「下午下了一陣細雨，入夜月卻大明。天空的變化，二月和十月是最不可測的。看了日曆是舊曆閏八月十四日，明日又是望日。轉眼中秋已過了一個月了。趁著月光，我走了出去。蟲聲和諧而柔細，隨處皆是，像是大地的催眠曲，所有的植物，無論木本草本，都靜靜的垂著，似乎在草蟲的奏鳴中甜蜜的睡著了。」

——陳冠學《田園之秋‧仲秋篇》

二〇一九年十月四日，我們一行人在嘉義高鐵站集合後，直接去嘉義阿里山山腳下的大埔。這個地方因為興建曾文水庫，成為嘉義人口最少的小鎮。小鎮上除了一些原來的居民外，也有一些當年參與興建曾文水庫的榮民留下來，成為居民。

我們來自四面八方的朋友，在這個寂寞平靜的小鎮大埔集合。我們的行程是從被阿里山脈圍繞的曾文水庫出發，經過台南烏山頭水庫，最後回到山海圳綠道的起點台江國家公園。大埔有一種曾經熱鬧繁榮後的寧靜，時時刻刻凝視著深邃的湖水。在山海圳綠道啟動八年後，我們正式試走這段已經延長至一七七公里的「台灣山海圳國家綠道」，這個長度是八年來的累積。在此同時，國際長距離步道徒步達人阿泰與呆呆已經在二〇一九年九月二十九日從塔塔加登山口出發，預計以七天六夜的時間，用徒步行走的方式，穿越阿里山、曾文水庫、烏山頭水庫，走到台江出海口，進行一八〇公里全程試走，預計在十月五日和我們這群人會合。

原本只是從台江內海到烏山頭水庫的「台江山海圳綠道」，在連結了曾文溪水庫、阿里山、塔塔加之後，這條國家級綠道終於有了完整的兩個水庫和嘉南大圳的大圳之路，成為了台灣山海圳國家綠道。從大埔出發後，先穿越曾水溪水庫，再到烏山嶺的取水隧道東口工作站，跨過了烏山嶺後，再到取水隧道西口，這裡的風景很美，曾經有小瑞士的稱號，最奇特的是有個天井漩渦。最後我們到達烏山頭水庫參觀已經成為歷史景觀的曾文溪舊渡槽和興建好的新渡槽，原來水是可以透過橋（渡槽）來運送的，「大圳之路」使我們對嘉南平原的灌溉系統有了初步的認識。

我們每個人都穿上救生衣，聽著船上的解說員解釋著當年日本技師八田與一在完成難度超高的烏山頭水庫後，繼續尋找下一個更大的水庫地點，最後他選擇了曾文溪更上游的柳藤潭，當年因為工程費用太高而沒有執行。日本戰敗後國民政府來台，先完成石門水庫，直到八七水災後政府決定興建曾文水庫。台灣南部的雨量分布很不平均，冬季乾旱缺水，八成的雨水集中在夏季。曾文水庫在一九七四年完工後正式啟動，蓄水量高達七億八百萬立方公尺，同時具備了蓄水、防洪、給水、灌溉、觀光功能。

曾文水庫的峽谷大約有五十隻的黑鳶，也是俗稱的老鷹。台灣的老鷹數量在上個世紀九〇年代初已經剩下不到兩百隻，最近一次大規模調查卻超過七百隻。其中北部的萬里、貢寮和翡翠水庫超過三百隻，屏東的內埔、三地門和大漢山近兩百五十隻。二〇一五年梁皆得導演的紀錄片《老鷹想飛》影響了政府的一些農業政策，加上台灣各地的友善農業也蓬勃發展，這些都是老鷹數量增加的原因。曾文水庫是全台灣除了南北兩端外老鷹出現最多的地方，保護這些逐漸增加的老鷹，使曾文水庫，甚至全台灣成為老鷹之鄉。

黑鳶的閩南語叫鵜鴞（發音：來葉），是過去常民生活中最容易見到的老鷹。在台灣，有許多不是黑鳶的鷹隼類都被大家簡稱為老鷹，例如常見的大冠鷲，或是固定會來八卦山過冬的灰面鵟（灰面鵟鷹），或是魚鷹。大冠鷲吃蛇，所以閩南語叫「蛇鵰」。灰面鵟在恆春被稱為「後山鳥」，彰化當地人稱牠為「南路鷹」或是「清明鳥」，過去常常被當地人捕殺。魚鷹的閩南語便是「鶚鷲」。黑鳶吃死魚（或是其他動物屍體），但是魚鷹吃活魚。

陳冠學在《田園之秋》中描述一隻天天都想要吃小雞的紅隼，長期在母雞的反抗及烏鶖們的驅逐下，一直沒有得逞，最後終於抓到兩隻小雞低飛而逃；卻被陳冠學揮出的竹竿擊中一命嗚呼，但也沒有救援成功，兩隻小雞被紅隼的利爪弄死了。為了這個意外的結局，田園詩人難受了很久。

4 東口站下雨的時候，我正在一棵老龍眼樹下

第二次再去走山海圳的「大圳之路」時是二〇二一年的春天。這時候的台灣陷入極端的乾旱，山林枯黃水庫乾涸幾乎見了底。這一天是四月二十五日，距離五月中肺炎病毒突然擴散、確診人數暴增到一百八十人的風暴，只有二十天。原本以為這個春天將會迎接一個真正自由快樂的新生活，所有的活動都將恢復正常。人生的無常和瞬息萬變，莫此為甚。

這次和我同行的除了徐如林老師、李嘉智老師和千里步道的同事外，還有一批是和山海圳綠道相關的公務人員，其中有些才剛報到的年輕人，只在公文來往之間知道有一個全新的名稱「台灣山海圳國家綠道」，但對於山海圳的來龍去脈並不完全了解。有些是資深工程師，大半輩子都在山林、溪流之間工作，對於沿途的氣候和生態瞭若指掌。所以這一趟走大圳之路時，身邊的每一個人都是某一個領域的專家，我們一路上聊的話題都圍繞著雨水量、集水區、部落的地理位置、外來種的鳥侵入問題、過去歷史發生的地點、植物的分布等等，我就像是一個學生，連筆記都來不及寫。

位於曾文水庫旁的觀景樓曾文之眼，因為太高，玻璃窗又太亮，許多五色鳥會直接撞到窗死亡，於是管理處想到一個方法，在玻璃窗上貼上松雀鷹的圖案，發現五色鳥的死亡率的確有降低。不過對於沒有見過天敵長相的雛鳥仍然沒有阻嚇作用，所以牠們仍然會撞到窗戶。

在快要到達東口工作站時，我們發現了不停叫囂的雄鵂鶹。來自嘉南農田水利局的工程師洪素球見到這些動物，就像是見到家人一樣的熟悉。原來在中海拔生活的小可愛貓頭鷹——鵂鶹，會在春天來臨時進行繁殖。牠們個頭嬌小，但是非常兇狠，會吃兩棲類的青蛙、蜥蜴，也不放過其他鳥類。牠們對築巢沒有耐心，會直接強占五色鳥或是啄木鳥挖出來的圓形樹洞，動作又快又有效率，只花一個月就完成孵化，雛鳥三周尚未完全發育，便可以在父母親的陪伴下學習獨立生活，所以在白天常常可以看到父母親帶著小鵂鶹飛行的畫面，牠們是極罕見在白天活動的小貓頭鷹。

啊！山麻雀！有人尖叫了起來。能夠分辨山麻雀和最常見的麻雀的必是山中之人。這種鳥在台灣已經快要絕種了，被列為保育的稀有鳥類，在大圳之路附近大約有三百隻山麻雀，全台灣目前紀錄大約只剩下一千隻。山麻雀和一般麻雀最大的區別是，一般麻雀的面頰上有黑斑，很難區別雌雄，但是山麻雀的雄鳥卻非常鮮豔美麗，頭部到背部都是栗紅色，雌鳥有淡淡黃白眉線，全身呈現褐色，亞成鳥外型都像是雌鳥。牠們也是屬於不愛築巢的鳥類，常常會利用電線桿孔洞、水庫的排水孔和五色鳥的洞來築巢，但是牠們會找來細枝、枯葉來布置「借」來的房間。

為了保育山麻雀，工程師們用不同材質的塑膠管為牠們做巢洞，結果因為洞太大，巴哥和白腰鵲鴝紛紛進駐，反而更糟糕。在夏威夷已經有穩定族群的白腰鵲鴝很容易攜帶瘧原蟲，本土原生種鳥類會感染瘧疾大量死亡。白腰鵲鴝入侵台灣後，大量捕食原生種青蛙和蜥蜴，對生物多樣性造成嚴重破壞，所以林務局已經有計畫地消滅這種白腰鵲鴝。工程師重新設計洞口較小、內外溫差比較小的家後，山麻雀終於願意接受了。

這是我第二次來到神祕的取水隧道東口站，這裡有一座工程浩大的攔河堰，將曾文溪滾滾的水源，流經烏山嶺的隧道，順利導入烏山頭水庫。因為是控制大台南水源的地方，所以對外是不開放的。這個巨大的工程和兩座大水庫，被列入台灣最有希望爭取聯合國人類遺產的潛力地點。近百年來因為人煙罕至，已經成為動物的新天堂樂園，甚至獼猴已經在這裡稱王，牠們優先享用樹齡近百年的龍眼和老芒果樹所結的果實，如果有人敢攻擊牠們，牠們會百倍奉還，甚至曾經拆除宿舍的門窗。

在這個由獼猴統治的新天堂樂園中，住著許多在其他地方不容易遇到的動物，像是食蟹獴、長鬃山羊、白鼻心、山羌、穿山甲，鳥類除了鵂鶹、山麻雀外，還有朱鸝、綠斑鳩等，牠們生活在這裡，如果走一趟穿越東西口的步道，一定會和牠們相遇。在這個神祕的世界中，日治時代種下的一株九重葛和三株龍眼樹更是罕見的珍寶。歷經近百年，九重葛已經長成一個枝葉茂密的亭子，而三株龍眼樹也形成觀賞攔河堰的觀景門神。

當東口站下起雨的時候，大家都歡呼起來，忍受乾旱太久了，這是大旱逢甘霖的喜悅。當時我正在一棵老龍眼樹下，我看了一下時間，上午十點四十分。我趕緊請同行者替我拍了一張照片，貼在臉書上傳達喜訊。不過身邊熟悉集水區的人都嘆氣說：「雨水下錯地方了，而且這種雨量根本不夠乾枯的泥土喝，因為渴太久啦。」

無論如何，終於下雨了，已經期待很久很久了，大家仍然很高興。原來想要老天下雨是如此困難的事，不再那麼理所當然。我離開東口的時候獲得一個非常珍貴的禮物，一包老龍眼樹的龍眼花。據說放在日月潭的紅玉紅茶裡，是人間極品。

就在我們從東口往西口的途中，徐如林老師看到一隻黃鸝飛過，她大喊一聲，其他人卻沒有看到，她果然是真正屬於山裡面的人。最近台南高鐵沙崙國中西側出現了一群黃鸝，所以，徐老師應該沒有看走眼。但我們到達西口時，雨漸漸大了起來，在滂沱大雨中的「小瑞士」依舊動人。

這真是一趟充滿祈雨心情的大圳之行。

5 內海之路──台江洋的台語田園詩人

「入十一月以來，總是一過午變陰，向晚雲氣又漸散。好久沒能從容的坐在簷階上，觀看黃昏來臨了。如今田裡的工作全做完，心情好輕鬆，可以像小孩子一般，天天玩耍著等過年。夕陽還未落，滿月早已自山頭上昇起，今日是十四。」

——陳冠學《田園之秋・晚秋篇》

在前一次二〇一九年的山海圳綠道行程中，我遇到了另一位田園詩人黃徙。在這之前，我對台語詩相當陌生。他在台南四草的老家蓋了一幢歐洲式的房舍經營民宿，疏通旁邊的水圳，種植三、四十種植物，取名「台江泮」，讓人想起十九歲就出將入相的太平天國名將石達開的詩句：「曾摘芹香入泮宮，更探佳蕊趁秋風。少年落拓雲中鶴，壯志飄零雪裡鴻。」泮宮是古代的學宮，黃徙在這裡建立「荒野學校」，應該就是這個意思。

他很早就返回家鄉，投入台江紅樹林和水鳥的保護運動，當初他的爸爸對這些行為感到憤怒，因為對老一輩的人來說，這樣貧瘠的海邊是絕望之地，有志之士應該遠走他鄉。

現在他要保護的不只是土地，而是台語詩，這個瀕臨絕種的稀有文化。日治時期台灣人學習漢文都是用台語發音，國民政府來台灣，官方語言（國語）由日語變成北京話，並且透過學校和大眾媒體禁止使用台語，造成台語詩的式微。

在「台江泮」過夜之後，黃徙煮了鹹粥給我們吃。住他的民宿就像住在自己的家一樣，所有東西都是自助，包括茶、咖啡和食物。他拿出了即將出版的海邊植物詩集《迷魂芳》，一首又一首地朗誦著，唱作俱佳又加上肢體動作，我覺得他在台語詩中不但加入生態知識和社會意識，其實更充滿了一種看盡繁華熱鬧外的純真和童趣。我從他的詩中看到的畫面竟然全是兒童繪本，根本是最好的台語教材，因為有著豐富的本土文化和人生智慧。

「元宵暝，過年的延長線纏甲滿天」說的是煙火樹。那圓葉血桐呢？是「起風，圓葉血桐反雙面，一面若雨傘欲離開等無人的孤單，一面像心臟急欲跳出來看，啥人來共CPR」。再來就是用一連串的比喻，像是「九重葛會將花色拋向天去釣雲」「野牽牛是春天的電線插頭」「椰子樹愈老愈會纏著雲」「阿勃勒若愛情坐摩天輪」……這些句子頑皮慧黠，像是孩子。

但是當他的詩觸及政治時事時，又另有一番風味，戲弄又嘲諷。例如他用含羞草來比喻統獨，表示這種東西碰不得，只要一碰就會老羞成怒：「這種花草袂磕得（碰觸不得），一摸著伊就見笑轉受氣，規身軀（全身）縮做一支一支刺，鑿入去你愛恨的接縫。」老羞成怒的含羞草也反映了詩人因為經歷過一些政治活動的洗禮，更看清了政客們用意識形態來遂行其野心的虛妄。或許這也是他最後選擇了回歸田園生活的原因吧。這些詩像是一位入定的老僧，隨口說了一個像是禪的比喻，使人頓悟。

我喜歡紫楝樹（苦楝），所以我特別想知道詩人是如何朗誦這種樹的。他的詩是這樣寫的：「台灣無皇帝，是按怎欲講，苦苓仔死過年，無穿衫，人都袂寒，無雨幔（雨衣），枝葉展開，日頭愛撐傘。」我聆聽著詩人在陽光下抑揚頓挫的聲音，領悟到他藉由一首首詩重建了自己的心靈，和自己的家園融合在一起。這是他的尋根之旅，也給我最深的啟蒙。

耐旱耐鹹耐風的植物，在貧瘠土地的惡劣環境中唯一求生存的可能，便是趕快開花，爭取可以繁殖的機會。這個常識很普通，但是在台江泮聽著詩人一首一首關於海邊植物的詩，忽然對我內心產生了極大的撞擊，甚至有點悲傷。我想到我們那個世代的成長，在貧瘠的土地上都是急著開花的植物。有些人小學畢業就要當童工扮演生產者，有些人半工半讀升學就業，盡全力開了一樹的花之後，生命無以為繼，在海風吹拂下，心靈漸漸枯竭。

6 埜和垄——台江國家公園

我們站在台江國家公園的門口，對岸正是我們台灣山海圳綠道的起點，那裡的落日絕美，一生中一定要來一次，走一趟台灣歷史之旅。

我常常被問到筆名「小野」的由來，其實這是我原本的名字。爸爸有個用來簽在字畫上的筆名李琳，當他有了後代之後，為了表達生命的延續感，用「林」作為後代子孫取名的基礎，所以我的兩個姐姐分別取名「琳」和「彬」，之後他也想到男生就用「埜」或「梵」，所以我在出生後有一段時間的名字是「小埜」，埜是野的古字。後來爸爸有了一點覺悟，因為我的生命不只源自他，所以為了紀念外公，我改了名字。但是初始的那種充滿山林氣息的「埜」字卻成為我生命的原點，大學又讀了生物系，註定此生和山林步道有緣。

在土地上種兩棵樹是埜，那麼土地上有很多水——垄，又是什麼意思呢？我在台江國家公園的遊客中心看到了這個字，是濕地的意思。

我好喜歡這個充滿水的意象的字，也好喜歡這個建在魚塭上濕地旁的台江國家公園遊客中心，因為它像是一座從地底下冒出來的，和四周的植物動物形成共同的有機體。我喜歡這樣溫柔謙卑的建築，厭惡那些張牙舞爪炫富如台北大巨蛋的怪獸建築。和大自然的地質地貌氣候息息相關的建築設計，容得下風吹雨打，也容得下到此一遊，甚至在這裡生活下來的候鳥、螃蟹、魚類、水生昆蟲。在建築物內，所有光影變化和風的流動都是那麼自然。

這個建築物的設計師正是郭英釗，他過去最被廣泛提到的經典作品是北投的木造圖書館、那瑪夏民權國小等建築。他的合夥人是張清華。當初他們得到的設計方向只有八個字：「煙波之上，水草之間。」我想起我最敬愛的聖嚴師父想在金山法鼓山農禪寺建立一個道場時，給了建築師姚仁喜六個字：「空中花，水中月。」兩者有異曲同工的境界。

坔這個字一般只會出現在嘉義、台南、高雄這些南部近海的地名上。從這些古地名可以看到台灣歷史發展的軌跡，這也是台灣地名最有趣的地方，例如嘉義縣梅山鄉瑞峰村坔埔、民雄鄉鴨母坔、台南市鹽水鎮坔頭港、學甲有草坔等。這和台江的倒風內海所造成的濕地環境有關，我更確定，這才是台灣歷史真正的起點。

7 芋仔、蚵仔和學仔——大廟興學

你會區分閩南語的「芋仔」和「蚵仔」嗎？那麼「學仔」呢？「學仔」發音如「芋仔」，是老一輩口中的廟埕，也是當時的私塾，學校的意思。從「學」字的甲骨文來看，兩個叉是文字，旁邊是兩隻手正在教寫字。下面的部分是廟宇，古代的教室。這便是吳茂成在台南台江附近推動的社區發展「大廟興學」的由來，他參與了台南社區大學的成立，我曾經替這所社區大學拍過形象廣告，當代言人。他更進一步在附近的「台江小學」建立鄉土教學，並且成立捍衛水圳的小台江巡守隊，這正是「山海圳綠道」的暖身期。

二〇一一年吳茂成邀請我來到海尾寮朝皇宮做了一場演講「作家的條件」，八年後的二〇一九年再重新回到這裡演講，題目改成「返家——回到歷史的起點」。我竟然在不知不覺中，有了提前「練習」用閩南語全程演說的心願。大概是這樣的環境和氛圍使我產生了勇氣，我很自在地用我並不熟練的台語演講，我相信台下的鄉親父老會包容我。我的演講內容大多是和我讀小學時的上學之路有關，也說了許多學習台語歌曲的笑話。

小時候因為住在南萬華，雙園國小一年級的老師用閩南語授課，因為全班同學除了我之外，沒有人聽得懂北京話的國語。巷子裡全是文夏的台語歌，我的閩南語就是這樣「被迫」學會的，而且因為附近有許多從南部上來台北討生活的人，南萬華的閩南語發音有濃濃的南部腔。我唱牛頭不對馬嘴的台語歌取悅同學，結果人緣奇佳。

更慶幸的是，因為學校課業壓力很小，升學率奇低，加上每逢颱風，學校就成了災民和豬、牛、雞的避難所，停課機會很多。除了升上五、六年級後要面臨惡補和聯考，其他的學習過程簡直就是一所森林小學。記得就在聯考前夕，我在二樓和同學玩鬥刀的遊戲，我從二樓往下跳，被釘子插入膝蓋血流如注，每天要搭三輪車上下學，我們家付不起車資，車伕最後酌收一點點錢算是做好事。那個年代，窮人都是同情窮人的，我也習慣穿梭在不同大人堆中，替爸爸賒帳買東西，大人們不但沒有給我臉色看，反而覺得我很勇敢，會給我糖果當獎賞。

那是一個物質匱乏，但人情味很濃的貧窮時代。

8 給個人和地球上全體人類的診斷報告

那正是我對「家」的想像，一種和附近鄰里的人懷有一家人共患難的感覺，也因為這種在底層社會成長經驗，我的生命變得很堅韌。不過，我也因此成為貧瘠土地上急著開花的樹。記得我在三十歲之前完成世俗標準的成功，曾經想要出版一本傳記，而且已經找到人在寫了。回想起來真的很傲慢、無知且荒謬。但是，隨著生命的流逝，我終於明白那是一種生命無以為繼的空虛和茫然，我不知道我的下一步要做什麼。

後來出國留學不久，我決定放棄一切，又重返動盪不安的家園，我的生命得以更新、延續下去，實現過去不相信可能實現的夢想。不過，那已經是四十年前的事了。二〇二〇的月曆陪伴我渡過了病毒肆虐下的一年，蔓延的疫情不斷提醒世人明白人類的脆弱。月曆封面底下有一排很小很小的字：

「從開台內海，走到東亞第一高峰玉山，重回土地，願斷裂的縫補，願分隔的接續，願破碎的團圓，山林河海永續。」

這是我們對土地的承諾，也正是給我個人的身心診斷報告。有好長好長的時間，我只是用一部分的自己活著，還有一部分的自己藏躲在夢中，那一部分的自己一路走來，因為各種不同原因，散落在不同的黑暗角落。我這樣一趟又一趟地走著步道，走進山林，正是縫補、接續、團圓已經斷裂、分隔、破碎的生命的旅程。

二〇二一年五月中的台灣，在躲過一年半肆虐全球的肺炎病毒後，因為在邊境防疫上的一個疏忽，確診人數和死亡人數瞬間暴增，舒適享受的太平日子，立即轉變成步步驚心的三級警戒，加上缺水和缺電的威脅，人們才發現過去所享受的，是多麼奢侈？多麼理所當然而理直氣壯。所有人類本來就要面對的、反省的、覺醒的生命價值和生活態度，又退回到上個世紀八〇年代台灣人曾經倡議的綠色簡樸生活。

當所有方便、舒適，甚至無限膨脹的奢侈生活，都不再那麼理所當然和理直氣壯時，或許正是侵襲著全世界每一個人的病毒，想要給地球上全體人類身心的一個診斷報告吧？

Chapter 8
阿里山之歌——山海圳綠道之三

是誰在森林的深處呼喚？寂靜的黎明時候，像銀色鈴鐺一樣，
華麗的聲音呼喚著誰？啊！佐保姬呀！春之佐保姬呀。
是誰在森林的深處呼喚？在寂寞的黃昏時候，
像銀色鈴鐺一樣華麗的聲音越過森林啊！佐保姬呀！
春之佐保姬呀。是誰在高山的深處呼喚？
在故鄉的森林遙遠的地方，用華麗的聲音，有人在呼喚。
啊！佐保姬呀！春之佐保姬呀。
——高一生〈春之佐保姬〉

1 來吉部落的 HaNa 廚房和伊古亞納民宿

利奇馬颱風才剛走，西南氣流滯留嘉義以南地區。這並不是一個適合去阿里山的好天氣，但是我們一家六人仍然按照計畫出發，這一天是二〇一九年八月十四日，孫子孫女還在放暑假的日子。

我在這一年的日記上提醒自己：「學習生活而不是生產，學習示弱而不是逞強，學習誠實面對自我，而不是面對別人。找回八歲那個真正的自己。」「用自己的餘溫，給黑暗中的人一些溫暖，如果還有光，就給一些人指引吧。」於是我決定在這一年多多走進山裡面，多多接觸山

裡面的人。

我們在嘉義高鐵站和七星山態保育基金會的江孟蓉會合，她帶來了一個曾經住在佛羅里達的美國人蔡雪青，她的祖先是移民加拿大的法國人。她誤打誤撞地在大學和研究所都學了中文，也曾經去過青島學中文，所以她說起話來字正腔圓。就是因為有這樣複雜的家世背景，所以一路尋根探索是她的人生目標。最後在朋友的推薦下，她竟然來到宜蘭，結了婚定居下來學習種稻，成了一個種植有機稻米的農夫。

「逐鹿車隊」的鄒族年輕人小安來接我們，直接開向來吉部落的 HaNa 廚房。這一路上顛顛簸簸左搖右晃，雨刷擺擺停停，沿路出現各式各樣的彩繪石豬，所以來吉部落又稱是山豬部落。HaNa 廚房的女主人是一個南非人，當年飄洋過海來到台中教英文，有一次來到阿里山的來吉部落迷了路，認識了一個鄒族人，最後嫁給他，成為鄒族的媳婦，從此學做麵包和披薩，開了這家店。美國人蔡雪青遇到了南非的女主人，兩人喝著咖啡聊起彼此的遭遇，又是一個「忽聞海上有仙山，山在虛無縹緲間」的傳奇故事。廚房生意非常好，我們排了很久的隊，才吃到肉盤、香腸麵、西瓜沙拉。

晚上我們住的是伊古亞納民宿。孫子對於射箭很感興趣，孫女愛上做皮雕，各取所需，民宿的女主人介紹附近的竹林，前面看過去的那片是石篙竹，左邊的是麻竹，右邊是綠竹。她笑著說：「你們現在聞到的是煮桂竹筍味道，這將是你們的晚餐。」

晚餐前，女主人帶我們去走附近的吊橋，可以看到遠處的塔山，這是來吉部落的聖山。這座吊橋已經翻修過三次，女主人的娘家就在橋的那一端，只要橋斷了，她也就回不了娘家了。晚餐後我就在伊古亞納民宿，用「自己的故事自己說」的遊戲，來和當地的鄒族朋友交流，當然蔡雪青也分享了她尋根溯源的故事，還有她最後落腳宜蘭，成家立業成為農夫的傳奇故事。

2 達邦部落的山羌咖啡，和屏東的老鷹紅豆

離開了來吉部落之後，我們一路往南走，雨勢大了起來，我們躲在特富野部落和達邦部落的交界處，正好有一座涼亭。由於雨勢太大，我們只好放棄走吊橋和步道的計畫。在涼亭裡，我們和一位當過議員的耆老聊天，他向我們展示了一些鄒族的服飾配件及傳說。

下午我在達邦部落的文化中心會堂裡做了一場演講，認識了達邦國小的校長和老師，也遇

到鄒族的獵人和歌手。校長講述著他們如何帶鄒族小朋友學習母語，向父母長輩做口述歷史的實驗教學。

有一個開發「山羌咖啡」的女主人也上來講了她的故事：「我家的咖啡真的是有機的，不信可以去問問山羌。因為山羌都會來吃我們種的咖啡豆，但是都沒有中毒。山羌是沒有膽汁的，牠們沒有解毒的能力，所以只要吃到一點不好的食物立刻就中毒。山羌是我們的咖啡園常客，因為我家的咖啡很安全。」

「山羌咖啡」使我想起屏東「老鷹紅豆」的故事。這些年屏東的農民在雜糧轉作時為了防範鳥類們吃紅豆的種子，於是用農藥來誘殺這些鳥類，專吃動物屍體的老鷹也因為吃了有毒的鳥類屍體而死亡。於是屏東縣政府鼓勵東港農民林清源，設立十八公頃的「老鷹紅豆示範區」，採取不毒鳥的有機種植法，受到消費者熱烈歡迎。之後又有一些農民加入保護老鷹的行動，目前老鷹紅豆的種植總面積已經超過三十公頃，還有大型連鎖店承諾收購這些紅豆。

我們終於學會和動物共存共榮的方式了。

3 藍色部落的山豬、穿山甲和放山雞

我們來到被稱為「藍色部落」的里佳部落，住進了一個由賽夏族女主人翠蓮經營的「嘉納民宿」，民宿牆上還有賽夏族的藝術品。為什麼叫作藍色部落呢？因為這裡靠近天空，從山谷裡看到的星星非常美麗，還有滿山遍野的螢火蟲。

翠蓮教我們如何去附近摘咖啡豆，如何甩豆，如何烘焙，孫子和孫女各自都完成了他們自己製作的咖啡豆，很有成就感。晚上的座談會上，來的都是里佳部落特色商店經營者，或是蔬菜、咖啡的生產者。

一個獵人描述他遇到山豬的故事：「山豬朝著我正面衝來，我們眼對眼地對恃著。剎那間牠的大頭往後一甩，獠牙如山刀一般，非常鋒利地畫過我的大腿。我也像野獸一樣，奮不顧身撲向牠，制服了牠。我覺得自己的大腿濕濕的，才發現血流如注。但是我仍然扛起兩三百斤的山豬下山，之後才去醫院。」

獵人的美麗妻子也說了一個山林裡的美麗故事：「一個大雨後起霧的夜晚，在回家的山路上，我看到一隻穿山甲，我也跟牠眼對眼，和牠說了些悄悄話，要牠不要亂跑。之後

我再打電話告訴獵人老公說自己遇到了穿山甲，老公問我有沒有抓到牠，很值錢的。我回答老公說，我已經叫牠趕快回家，我現在也快回到家了。」

養放山雞的一個族人，說起他養的雞都在山上隨便跑，牠們的天敵非常多，像是山羌和老鷹。不過他也就和這些天敵共存共榮，山羌和老鷹們吃剩下的，才輪到他抓來賣錢，有雞大家吃，他也覺得很好。在大自然裡面，聽其自然永遠都是對的；違逆了大自然，必有災難，這是他們深信不疑的哲學。

4 藍色部落的冥想手記

我在阿里山里佳部落「嘉納民宿」的書架上，看到了一整排帶著水痕和黴味的舊書，有小說、散文和哲學，大多數是台灣的作家或是翻譯者。書本之間沒有什麼相關的主題和連結性，除了年代和水痕。那是我既熟悉又陌生的年代，雖然我也屬於在那個年代開始創作和出版書籍的作者，當時我志不在此，不久就離開了那個環境。據說對發行文學作品的出版社而言，那是一個非常美好的年代，運氣好的話，印書就像印鈔票一樣，把握時機的人可以買下一間房子，甚至一幢大樓。

我念著這些書的作者名字，有的人已經走了，有的人早已不再創作了，當然，也還有偶爾會再出版一、兩本書的作者。我抽出了其中一本比較輕薄短小的《冥想手記》，這是楓城出版社的翻譯書，在我們那個年代，每個高中生、大學生都會讀著他們出版的卡夫卡、紀德、果戈里。物質生活貧乏的年代，我們追求精神生活，思考人生的意義。《冥想手記》的副標正是「作為一個人的奮鬥」，並且強調這本書可以採用「風吹到那一頁，就讀那一頁」的閱讀方式。

我一邊忍受著書本所散發出來的濃郁灰塵味道，一邊享受著《冥想手記》中那些充滿哲思的句子。就像是《過於喧囂的孤獨》中描述的畫面：一個在垃圾堆中工作的人，他把被丟棄的書籍整理成一綑綑，其中不乏世界經典名著，他一邊綑綁，偶爾讀一下文字飄來的智慧語錄。

「我活在一個個暫時性的結論中，每次總以為這該是最後一個了吧？」

「我的毛病在分析生命太多，而不去生活。」

「對大部分的人來說，生命只是混合著解決不了的問題，曖昧的勝利和不明確的失敗。一直很少有清醒寧靜的時刻。」

「對他人最有意義的就是做此刻對自己最好的事。」

「大多數的文字演變成一種對外界的描述，所以很不足以表達我內心的狀態。」

有一種朋友關係是山友，一起相約去爬山的朋友。所謂爬山不一定是登百岳，走進郊山就算是了。通常我認識的山友們都有一些相似之處，他們的表情都很自在，笑容也比較多，彷彿人生的困惑比較少。因為他們常常走進大自然，踩在各種不同的步道上。

那些飄來的智慧語錄，就像是隨時可以感受到的蟲鳴鳥語、風吹草動，時時刻刻解釋著那些語錄中的人生哲思和生命的意義。大自然裡的一切會解釋所有的生命如何共存、共生，相互依賴。

走在步道上，我們不會急著對每件事做結論，不會急於分析每件事情，因為這是我們最清醒的時候，也是最能感受到自己內在律動的時刻。我們學習誠實面對自己，這是走在步道上最好的狀態。

5 阿里山的部落拼圖

凌晨五點半，嘉義山區的地震和紅色洪水警戒一再響起。八點，鄒族青年小安出現了，昨晚他住在達邦部落，他說來的路上沒有落石，所以要趁早離開藍色部落。我們在滂沱大雨中往東塔塔加方向直奔而去。車子過了嘉義，進入南投信義鄉的自忠，我們來到了東塔塔加，這裡有一條通往特富野的步道，也是「台灣山海圳國家綠道」通過阿里山的一條路線。

在大雨中我們仍然試著走了八百公尺，孫子表示他走不動了，於是我們決定折返，並且相約在下一次的好天氣再上山來走一遍。孫女沿著步道撿了一些柳杉的小枝、蕨類的落葉，結束了這一趟尚未走完所有部落的阿里山之旅。

・・・・

不過，二〇一九年暑假未完成的阿里山各部落旅程，在往後一次又一次重返阿里山的旅程中，逐漸拼湊出比較完整的地圖。

二〇二一年四月二十三日，我們一行人重返阿里山，完成了「台灣山海圳國家綠道」的「聖山之路」。從塔塔加出發爬上鱗趾山，穿越鹿林古道，第二天再走完特富野古道六・三公里，最後來到達邦部落，進入了阿里山山脈。當我們行走在山美、新美、茶山這幾個部落之間時，發現它們只是在地圖上很近，但是在地形上卻各據不同的山頭，而且除了平坦的山頭可供居住生活之外，四周的懸崖峭壁使部落各自孤絕於外，所以它們之間三座離河床很高的橋變得非常重要，對外的交通都要通過這些橋。

晚上我們一行人繞著山路，走了很久很久才來到茶山最南端的民宿。從地圖上來看，我們只是從茶山的一家餐廳走到茶山的民宿，結果兩地之間沒有直接的車道，所以只好繞出去再往南走。在黑暗中覺得阿里山的山脈其實很寬廣，彷彿沒有盡頭。

沿途大家的話題一直圍繞著雨水，因為當時台灣乾旱太久了。那兩天阿里山附近開始下雨，一個很了解水庫的朋友在黑暗中喃喃自語：「雨下在大壩下，是蓄水範圍，好像打靶已經打到接近圓心旁的九十分。如果再偏東北的話就太理想了，因為達邦、特富野、山美、新美是集水區。如果下雨下偏了，往朴子溪、陳友蘭溪的話，給土吸都不夠了。而且乾旱太久，忽然吸了太多水也會引起土石流。」

當晚落腳的這家民宿有個好奇怪的名字，叫作「淳液園」。原來主人是來自豐山的漢人，豐山位於嘉義、雲林、南投的交界，常常受土石流之苦，現在還有一個土石流紀念碑。政府鼓勵當地人移民到其他地方，重新尋找居住地，為自己找到出路。當時有個七兄弟，一路往南找到茶山村卓武山的山腰，在木瓜寮這一帶安頓下來。他們剛開始是做藥酒，所以取名「淳液園」。後來又在附近蓋了一排簡單的民宿，經營起民宿生意。兒孫長大後各自有了不同的工作，兒子在那瑪夏種茶製茶，二十五歲的孫子在武界製茶。沿著民宿種了許多甘蔗，生產紅糖，園區也種了各種植物像樹番茄、樹葡萄、香蕉、檳榔。這家民宿可以看到螢火蟲，所以也稱「螢火蟲之家」。不過女主人帶著我們去尋訪螢火蟲時，已經寥寥無幾了。女主人解釋說，因為才下了一場大雨，而且月亮太亮了。

這間民宿給每間房間取了一個很典雅的漢人詞彙，但是我記不太清楚那些字句的組合，只記得像是春蘭夏荷秋菊冬梅之類的。我忍不住想起過去在台北近郊爬山時，遇到一些當地人和山友們自己搭建的臨時山屋，弄得好像古代的建築，小橋流水盆景春聯，不像是從山上自然長出來的東西，而是外來的、人工的。我一直偏好自然的綠色建築，謙卑低調如同長出來的植物。

這個民宿地處偏僻，特別強調熱水供應十三加侖，一個人洗完要再等十五分鐘。我選擇一個人住在有一張床、堆滿乾淨的棉被枕頭和牙刷毛巾肥皂的「司機房」。當我洗澡時，就想像自己是一個在山上迷路的人，精疲力竭後終於找到了一間簡樸的山屋，竟然有熱水可以洗，真是太舒服了。

6 阿里山鄒族步道系統

早在千里步道運動發起的前一年（二〇〇五年），有「台灣古道之父」之稱的楊南郡就完成了一份《阿里山鄒族步道系統人文史蹟調查報告》，在這份非常完整的報告中，他分析在台灣現有的步道系統中，最完整且值得推薦的就是阿里山鄒族步道系統了，報告中敘述了許多值得大力推廣的理由，其中最大的理由是歷史因素，還有鄒族本身極特殊的習俗和文化。

從楊南郡的這份報告中，我們了解許多台灣的故事。在台灣的殖民歷史中，有許多原住民反抗外來統治者的大規模戰爭，造成後來被滅族、被迫遷村的悲劇。愈是有強悍民族依賴生存的山區，往往被外來者侵入開發得愈晚，像是泰雅族世居的宜蘭太平山。由鄒族為主的阿里山，卻是在歷史上最早被外來統治者侵入並開發的山脈。所有入侵者得以順利進入阿里山，正是因為鄒族本身建立的完整古道網狀系統。在鄒族傳統中，有一個非常重要的戰祭叫「Mayasvi」，每當這個祭典來臨前，他們會好好整理通往其他部落的山徑和獵徑，形成各部落之間的網狀系統，外來者也循著這個步道系統進入了每個部落，有了商業互動。

在一六四七年荷蘭人統治台灣時，就已經向阿里山的鄒族人抽稅，甚至彼此通婚和做生意，和平相處。所以當鄭成功擊敗荷蘭人時，有些荷蘭人才會被鄒族人收留。清廷統治台灣時，在乾隆三十四年（一七六九年）帶來了天花、鼠疫等傳染病，導致鄒族人大量死亡。後來，鄒族人不再對漢人執行砍人頭的行為（對布農族仍然有），所以才會產生「吳鳳神話」，日本人為了便於統治台灣，而強化宣傳這個神話，再加上鄒族本身的傳說，使得鄒族相信日本人是早年和自己族人失散的親戚（其實日本人在統治台灣時期，也透過考古遺址大力宣傳台灣人和日本人是有血緣關係的）。因為這些歷史因素，漢人和日本人透過樟腦及伐木所建立的掠奪式開發，很早就進入了阿里山，在瑞里、太和、豐山、奮起湖一帶建立了家業。

由於鄒族人一直有護溪的傳統，使得他們所居住的河川得以有喘息空間，溪流中的動物也得到了保護，像是里佳溪、達娜伊谷、達庫布亞努溪，維持了一個完整的生態環境。乾淨的河流、美麗的山林、雄偉壯麗的山和神木的故事，使得日本人在一九三七年成立了「新高阿里山國立公園」，全面性地調查風景區，並且開發新的觀光步道，加上原有的部落山路獵徑古道、原漢交易的步道、日本人的警備步道，使得阿里山的步道系統愈來愈完善。

未來如果能夠進一步串連阿里山的北四村和南三村這七個部落，就可以用步行取代車輛，這樣的步道網可以取名為「雲海」，也將會成為「台灣山海圳國家綠道」通往玉山的絕美步道山徑網。

7 以阿里山之名

「阿里山」是戰後世代童年記憶和歌謠中第一座山：「一二三到台灣，台灣有個阿里山，阿里山上有神木，我們明年回大陸。」這首歌在戰後的台灣四處傳播，傳達了一個重要的訊息：台灣是一個異鄉，山在虛無縹緲間，聽說那裡有一座山，山上有許多神木。不過，這裡再美好，都不是自己的家。所以半個世紀來，對於大多數人而言，阿里山森林遊樂區只是一個觀光勝地，有日出，有森林火車，還有神木群。我們對阿里山的認識很膚淺而表面。

雖然在歷史上，阿里山是外來者透過原來的步道系統，最容易也最早進入的山區，但是真正對阿里山森林的動植物及生態展開調查的時間點，是在日本人統治台灣之後。阿里山這個名字最早出現在一六四七年荷蘭治理台灣時，在番社戶口中就有「Arisangh」，所以在阿里山植物調查時，如果發現植物的新品種，種小名（指植物學名命名法「屬名加種名」的第二部分）常常會使用「arisanensis」。根據林務局出版的《以阿里山之名植物圖誌》中的記載，有一百二十種維管束植物，在植物分類學上使用阿里山來命名。

我覺得植物的命名過程很有趣，從被人發現、正式對外公開發表，到後來有人發現其實這種植物早就有人發現且命名，或是不同的植物卻用相同的命名，或發現是某種植物的變種等，過程中所呈現的不只是科學研究的精密，也是充滿人文情懷的，甚至具有文學氣息。在命名時所使用的希臘文，所反映的是對植物外部形狀的描述，往往也會用名字紀念最早發現這類植物的科學家；另外同一種植物因為生長在不同的環境，逐漸成了新的品種，形成變種或特有種，這樣的獨特性由不同的氣候和水土所形塑，也使我們藉此辨識自己獨一無二的身分認同。

正是這樣的分類，我們才會察覺自己的獨特性，我們才會有雪白到淡粉紅色的阿里山杜鵑；像樹上開著閃亮金黃色花的阿里山油菊；有著淡雅粉紅花瓣的阿里山櫻花；花冠呈紫色或黃色的阿里山薊、葉子呈五角形鳥趾狀的阿里山蕨等。

在《以阿里山之名植物圖誌》中，對於每一種植物的發現及命名過程都有這樣的人文氣息。舉個例子來說，像阿里山松的命名過程就充滿了戲劇性，一九一三年早田文藏博士用發現者植松健的姓氏作為學名，發表為新種，稱為阿里山松或植松氏松。可是後來有人認為這種植物，跟一九〇八年同樣由早田文藏發表的台灣五葉松是同一種松。直到二〇〇四年，有一位來自捷克的學者 R.Businsky 認為阿里山松跟台灣五葉松不同種，其中最明顯的差別是阿里山松的種子具有翅，毬果的鱗片沒有台灣五葉松的向外反捲。也就是在這樣不同時代不同國籍的科學家，各自發現和命名過程中，植物有了「人」的氣息和豐富的故事。

我們對於阿里山的認識就是這樣，走進步道，看到植物；探訪不同的部落，認識朋友，一點一滴累積起來。阿里山除了神木，還有一百二十種以阿里山命名的植物，它成為我們生活中的一部分。我曾經講過自己編的「紅髮騎士」童話給孫子孫女聽，其實就是發想自荷蘭人被鄭成功的軍隊追趕後，來到了阿里山，和鄒族人通婚的故事。我也會用《以阿里山之名植物圖誌》作為給孫子和孫女的植物教材，解釋蕨類植物、裸子植物、被子植物。

我期待我們的下一代對於阿里山的了解，不再只有神木，不再只是旅遊和觀光，而是真真實實的感受和體驗，是一種和大自然之間的聯繫。就像鄒族音樂家高一生被刻在阿里山的石碑上的那首情歌〈春之佐保姬〉：「是誰在高山的深處呼喚？在故鄉的森林遙遠的地方，用華麗的聲音。有人在呼喚！」

那樣的召喚，使我們想念著森林中的一切。

一二三到台灣，台灣有個阿里山，阿里山上有神木，我們明天去走路。唯有不停的走路，我們才會把日夜糾纏我們、以為解決不了的問題放下。委屈和憤怒，成功和失敗終將如落葉般飄落。我們會一直走到清醒寧靜的狀態。

Chapter 9

相遇在步道，如久別重逢的樹──淡蘭古道的聯想

曾經在最無力、最躁鬱的時候無數次回到這裡。「回來」的動機都要到已然老去的這幾年才清楚，那無非是類似在外遭遇挫折、欺凌或侮辱的小孩希望回家得到撫慰一般的渴望。每次站在崙頂，閉起眼睛，昔日村落中生活的聲音彷彿就會在山谷裡復活，然後緩緩地貼著山坡傳來，直入耳膜；於是當下的自己彷彿也回到小孩時光──可以任性地、自在地、毫無羞愧地哭泣的時光──面對滿山翻飛的芒花或者無邊無際的雨霧嚎啕大哭。

—吳念真〈102 號公路〉

1 一個不存在的城堡

你把汀州路想成一條長長的叫作萬新（萬華到新店）的鐵路，再把西藏路和三元街想成一條很寬的叫作赤川的水圳，鐵路通過很寬的水圳就像跨過一條河流。我在大學畢業前的漫長歲月，就是在鐵路和赤川交會的地方度過，童年有陪伴我長大的城堡，有一條護城河，也有通往遠方的密道。我以為自己活在童話世界裡。

不過所謂的城堡，其實只是臨時用鐵皮倉庫改建的「物資局第三倉庫第二宿舍」，容納了十戶有同事關係的人家，冬冷夏熱，大人們一直處在隨時要搬遷的焦

慮不安中。外在環境更是充滿未知，倉庫駐紮了一個防空高炮部隊，常常在演練如何射下敵人的飛機，三家人共同的廚房旁很深的蓄水池，是在戰時發生火災時用來滅火的。加上一個雜草蔓生的防空壕，對孩子們而言，這些都是魔幻寫實的遊樂園。

直到有一年，有一條叫作「莒光」的大馬路，終於把這個十戶人家的臨時宿舍「輾壓」過去。鐵路地下化了，赤川被馬路取代了，如果要去找那「城堡」的遺址，只能在車水馬龍的莒光路上四處張望了。在那個軍事統治下，天天號稱要反攻大陸的備戰年代，台北到處都有這樣殘敗的「城堡」，或是稱之為「堡壘」？像《天橋上的魔術師》的故事比比皆是。

2 城市的紋理和脈絡

事隔多年後，終於有不少都市規畫學者批評當年政府為了改善老舊社區的「萬大計畫」（萬華和大龍峒）是缺乏歷史文化觀念的，是很粗暴的。因為它完全破壞台北城從清朝到日治透過道路形成的紋理和脈絡，更沒有達到振興老舊社區的目標。你從當初取的新街道名稱，什麼莒光、萬大，就知道多麼不接「地氣」了。那麼，台北城從清朝到日治時期的紋理和脈絡又是什麼呢？

道光元年（一八二一年），噶瑪蘭廳通判姚瑩，在他所撰寫的《淡蘭擬闢便道議》中規畫了一條台北通往宜蘭的「淡蘭路線」，其中南路在台北市的範圍如下：

「計自艋舺（萬華）武營南門啟程，五里古亭村、水卞頭，宜鋪石；五里觀音嶺腳（六張犁茶路古道），亦宜石……十里深坑仔街……」

這個規畫後來是否有完成，或是完成其中一部分，我不太確定，但是可以確定的是，這個規畫路線正是一個城市未來發展的紋理和脈絡，我們可以在這個城市中找到自己的身世。就像我對照著這條「淡蘭擬闢便道議路線」時發現，原來我在台北出生後的搬遷過程，一直都沒有離開過這條淡蘭古道。

3 媽媽買菜之路

淡蘭古道南路起點接近艋舺龍山寺，再經龍山國中南側的三水街，轉往和平西路。這一段是我媽媽每天買菜必經之路。她每天帶著十塊錢從和平西路二段出發去萬華三水市場買菜，同時要撿菜販丟棄的菜葉回家給兔子們吃。如果我跟著媽媽去買菜，她總是會在市場盡頭的攤位上，用最後剩下的零錢買一根短短香香的糯米腸給我當獎賞。事隔六十年，我發現三水市場盡頭的攤位仍然在賣糯米腸，心中不免一驚，物換星移後，難道只有糯米腸才是永恆不變的？媽媽這一生最得意的事情是她在懷著老么時，終於捨得每天在市場裡喝一碗用大骨熬的米粉湯。「所以我們家的小弟才能長得如此高大。」她一臉笑意不厭其煩訴說著這個神奇的小王子和米粉湯的童話。

媽媽買菜回家途中會去圖書館喘口氣休息，也為晚上要講的故事做預備。我童年每一個晚上除了有星星陪伴，就是媽媽講故事的聲音。那種帶著滄桑悲傷卻刻意高亢激昂的說故事聲音啊，早已流入我的靈魂深處，成為我一生的慰藉。每年元宵節在龍山寺前廣場扛著妹妹猜燈謎，在青山宮看電動花燈更是我記憶中最美的風景，我把這些風景寫在我唯一的魔幻寫實作品《魔神摸頭》中，我繼承媽媽說故事的遺傳，成為一個愛說故事的人。

糯米腸、米粉湯、花燈和媽媽說的故事，是這條路上永遠的記憶。

4 上大學之路

從一九七〇年代才開始不久的夏天，我天天騎著掛著牌照的破腳踏車，像是美國西部拓荒的牛仔騎著一匹野馬，從和平西路二段直直穿過羅斯福路來到和平東路一段上的國立台灣師範大學。戰後出生的年輕人，有誰不羨慕美國西部拓荒的牛仔？

這所曾經是全台灣中等學校師資培育的大本營，決定了台灣教育的成敗。師大在二〇一八年通過一項重要決議，將校史追溯至西元一九二二年的台北高等學校，這樣就可以想像二〇二二年的「建校百年」的盛況了，至少比台灣大學的一九二八年還早。

其實在師大現有的建築中，最具歷史價值和建築意義的，都是台北高校時代留下來的，像是校園第一進的歌德式行政大樓和第二進的普字樓。那幢有著飛扶壁穿廊的文薈廳，和建築大師井手薰設計的大禮堂，也都成為師大的象徵。

台灣四處可見這些融合東方傳統思維的歐洲現代建築。一九二〇年代台灣大量引進歐洲建築，卻又受到傳統建築美學的影響，立面正中總是要設計「高一點」的山頭，左右要對稱，顯示秩序、平衡，建築物的顏色喜歡有穩重氣息的暗紅色磚牆，但是屬於西洋建築中的重要語彙，如拱肋、飛扶壁、彩色玻璃、四葉飾等隨處可見，形成獨特的南方熱帶海島的和洋風。

這些常識都是我在離開師範大學後才慢慢懂得的。想當年，我每天騎車進入師大的校園，在乎的只是能夠在門口用腳踏車滑一個大圈，很帥氣地「下馬」，然後大步走進行政大樓二樓右側的生物系教室。標本室的許多標本都來自於台灣之外，我們像是一群井底之蛙，學習著系統化的生物知識，但是對於自己所處的家園卻一無所知。

台灣有好長一段時間是不准人民出國的。台灣人是透過日本人的眼睛看到歐洲，透過美國人的腦袋思考全世界。那個時代的台灣人眼睛是被蒙起來，透過教育和傳播媒體，我們腦袋裡塞滿陳舊腐敗的東西。花了半個世紀，台灣人才學會用自己的眼睛和腦袋看世界、思考未來。

半個世紀過去了，我是班上極少數沒有堅守教教育崗位的人，反而積極加入了教育改革的行列。但是，最諷刺的是，因為我一直住在師大附近，每天散步時都聽到校園傳來的鐘聲。終於明白，原來自己所反抗的，才是自己最眷戀的事物。當所有同學都從教育崗位退休後，我反而成為一所體制外實驗教育機構的校長。原來我一生最愛的仍然是教育啊，我想重新教育下一代的孩子。

原來我從來沒有離開過這條通往大學的道路，我的學習從來不曾中斷。

和平東路一段和麗水街口有一個立牌，上面寫著「台灣油杉之家」，這是通往淡蘭古道上的「通關密語」。因為油杉最早就是在淡蘭古道南路的深坑、石碇、坪林的途中發現的。從和平東路一段向四周延伸的範圍，最近出現了許多「新」的建築師，但是包括金華街、金山南路、麗水街、牯嶺街上的日式建築，其實都是「舊」的東西，只是重現整修彷佛出土的文物，讓我們記住祖先們走過的路。

5 接送孫子孫女之路

當我牽著孫子的手走過師大文薈廳時，他望著這幢歌德式建築大喊了起來：「啊，我知道，這就是聖誕老公公住的地方。」我順口回答：「是的，不過這是他們來台灣的辦公室，他們全世界都有辦公室，而且，我告訴過你，聖誕老公公不是一個人，是一群人。」

是的，歲月無情，才剛剛走過上個世紀七〇年代上大學之路，此刻的我，竟然已經成為四個孫子孫女的阿公了，又得重新編一個可以使他們信服的聖誕老公公童話。從和平東路轉進溫州街第二霧裡薛圳支流遺址，這正是我現在接送孫子孫女的路線。通常我們在車上只有十分鐘的相處時光，阿嬤會準備簡單的水果或點心。如果我也同行，便會進行短暫的智慧問答。有一次我出的題目是這樣的：「為什麼阿公常常把你們的名字叫錯，叫成你爸爸或是姑姑的名字？」孫子毫不猶豫：「因為你想念過去的你。」孫女也不落人後：「因為你想念你的孩子。」

這條路上有我們祖孫之間獨一無二的「十分鐘」幸福時光。

6 大灣草圳

從溫州街穿過新生南路上的真理堂，直接進入台大校園的蒲葵道，是我常常走的路。醉月湖一直是我過去在工作上搜集動植物標本、在生活上最愛散步的地方，現在更是我們祖孫三代常常同遊的樂園。我常常在這附近遇到蕨類專家郭城孟教授，他最常掛在嘴邊的一句話是：「台北最有條件成為一個全世界都羨慕的生態城市。」他的理由是台北原來是一個沼澤之地，一個透過水圳、溪流一直通往大海的水城，四周環繞的都是綠色山脈，比世界上任何一個大都會都適合發展成為有特色的生態城市。「歐洲的生態學者來到台北市，看到這裡的地理環境，羨慕得口水直流。」郭教授說起台北，往往會亢奮起來。

他最近一直在推動的計畫就是「大灣草圳」。他用打造一流復育螢火蟲的生態池作為「大灣草圳」的起點，再向四周延伸。大灣是台北市大安區的古地名，把從前台北為了農業灌溉的圳路水道重新找回來，成為新的水域生態，容納更多的生物共生共榮。在郭教授的計畫中，大灣草圳總長約兩公里，從台大校園中的醉月湖與農學院生態池作為起點，和台大校園內的已經挖掘的瑠公圳連結，然後沿著台大校園已經打開圍牆完成的新生南路水圳，連結到大安森林公園內的生態池。

大灣草圳的完成，將台北城的脈絡紋理重新整理出來，是台北最適合散步及騎車的道路。

7 陪伴媽媽走完最後人生的道路

富陽生態公園的步道是我陪伴媽媽走完她人生最後的一段道路，也是我的療癒、思念之路。每年春天當螢火蟲在這裡出現時，我會想起童年的星光和媽媽說故事的聲音。沿著富陽生態公園向上爬，進入山裡面。空山不見人，但聞人語響，會不會是媽媽藏在山林中說故事給蟲魚鳥獸聽呢？她的聲音怎麼變得如此溫柔體貼？

沿著山路拾級而上，我們會踩在樹根、木材和碎石子的步道上，順著山勢而行，就會下到福州山的「手作步道」。那可是我曾經參與建造的第一條步道，為了這個重要時刻，我曾經寫過一段向山神敬拜的祈禱文，這也大約是台灣手作步道的「起手式」。當我們願意用虔誠謙卑的心，彎下腰甚至趴跪在泥土地上，用雙手為自己，也為別人建造一條能和大自然動植物和諧共存的步道，傾聽大地各種聲音，那是多麼美好的事啊。

媽媽走後這十年，我開始到處尋找城市裡原來的水道、古道和藏在巷弄裡的步道，想重新追尋台北城的身世，因為那也是自己的身世。陪伴我長大成人的「加納堡」消失了，「護城河」被填平了，通往遠方的「密道」拆除了。我被迫離開那裡，出發去尋找城堡之外的世界。

這是一條漫漫長路，也是一條思念和返鄉之路，我會一直一直走下去，直到走不動的那一刻到來，我希望自己變成兩棵樹。兩棵樹種在土地上便是「埜」，這是「野」的古字，我出生時爸爸給我取的第一個名字：「李小埜」。二十二歲那一年我開始寫作投稿，順手用了一個筆名「小野」，一用就用了半個世紀，寫作對我而言，就像是種子埋在土裡，一定要長成一棵樹，那是很自然的事。

8 石碇的藍鵲家族

富陽生態公園到福州山的手作步道這一段山路，是最適合親子同遊的路段，我常常帶著朋友們在這條山路中行走。有一次和劉克襄聊天，他說從這裡出發，只要找到四棵巨大的老樹，就會找到往深坑、石碇的古道了。這段山路會經過中埔山步道、土地公嶺古道、糶米古道、妙高台步道、拇指山步道，出樹梅古道。沿著研究院路四段，經倒照湖山步道會抵達新北市的深坑。對我來說，我追蹤的不是四棵老樹，而是藍鵲的蹤影。

二〇二一年五月十一日，我們二十人去石碇拜訪虞戡平導演，大家一起吃晚餐，我也想親眼看看他窗外山谷那株相思樹上的藍鵲巢。

那年春天很特別。一整個春天，虞導演在自己的臉書上分享這一對藍鵲夫婦如何在其他六隻藍鵲的協助下，築巢產卵孵化餵養六隻小寶貝的過程。最後關頭有一隻試飛的小藍鵲跌落樹下，藍鵲媽媽俯衝下去尋找了半小時無功而返。就在我們一起聚餐的這一天，大、小藍鵲同時離巢不再出現。之後虞導演在惆悵之餘，又發現「鳩占鵲巢」的可能，因為有些鳩已經發現了這個完美的巢，不停地來打探。

就在聚餐後的第四天，五月十五日，台灣的肺炎病毒確診人數忽然飆升到一百八十人，兩天後更多達四百零六人，雙北的疫情快速擴散，先是高中以下全面停課，很快就是全台灣高中以下停課，許多禁令接著而來。太平日子瞬間消失，台灣陷入前所未有的大恐慌。無醫院可送的驚慌、高居不下的死亡率、疫苗不夠的問題在媒體上不斷地轟炸，在如此的高壓下，大家適應著這個已經改變的世界，終於共同熬過三級警戒的第一個月。七月初，全台灣的確診人數終於降回到一個月前的數字，疫情「暫時」被控制住了。

這時候，虞導演窗前的那兩隻藍鵲終於又出現了，正好一個月。牠們在其他族鳥的協助下，把原來的舊巢拆掉，在另外一棵樹重新搭建一個新的巢，因為夏天來了，原來的巢在烈日下不太適合孵育雛鳥，所以換到山谷中比較陰涼的地方。當藍鵲夫妻在一棵大樹上開始孵育下一批新生命時，牠們的女兒和女婿也在不遠樹上築巢了，只是牠們的經驗不足，挑了一棵比較小一點的樹，當西南氣流增強的梅雨季節，牠們的家總是在風雨飄搖中險象環生。

三級警戒的日子，我常常透過虞導演拍攝的現場影片知道牠們的生活。藍鵲是一種家族性極強的鳥類，尤其是在孵化及餵養雛鳥的過程中，整個家族的鳥都會協助找食物及防衛天敵的攻擊。我們期待著疫情趨緩後，再去石碇尋訪藍鵲家族，那時候下一批的小鳥應該已經可以離巢了。

從台灣全島實施三級警戒後，山區熱門景點關閉，民眾被迫或自動限縮自己的活動範圍，原來只能在山裡活動的野生動物終於大搖大擺地出來了，牠們走進人類建立的文明世界。雪霸國家公園的山羌直接走到觀霧管理站，在咖啡廳門口徘徊；罕見保育類的台灣野山羊也走到七家灣溪喝水；母帝雉帶著小帝雉成群結伴在桃山瀑布的步道上覓食。就連台北的河濱公園都忽然出現非常大量的黃頭鷺和小白鷺在綠草地上覓食的畫面，城市中的黑冠麻鷺也都從草地走向水泥路上，險象環生。

當我每天透過虞導演拍攝到的藍鵲家族在山谷中孵育雛鳥的影片時，覺得此刻的人類反而像是被關在動物園裡面的動物，看著那些動物們恢復原本就是屬於牠們的棲息地。而城市中生活在餐廳四周，依賴餐廳生存的老鼠卻開始挨餓了。

9 礁溪跑馬古道──礁溪之心和零雨的詩

二〇二〇年十二月二十日早上，我們一行人跟著作家劉克襄去走一趟礁溪的跑馬古道，從北宜公路最高點的石牌到礁溪，是淡蘭古道南路最南端，一段重新修復的古道。這是我第一次跟著劉克襄，聽他導覽走一條步道，我很好奇作為一個作家，他是怎麼導覽生態的？他會提到文學嗎？

認識劉克襄很久了，我們曾經一起走過不少地方，像是當時尚未對外開放的花蓮太魯閣水濂洞祕境、南投埔里日月潭等。他曾經抱著我尚未上小學的小女兒，涉過花蓮太魯閣峽谷的溪水。多年以後當他在報社退休時，推薦這個被他抱過的小女孩去接替他的工作，連我都是事後才知道。

• • • •

一九九六年中共用飛彈封鎖台灣海峽，造成全世界媒體矚目台灣的那段時間，我們一行人正在南投埔里日月潭旅行。晚餐時，做主人的劉克襄舉起酒杯感慨萬千地說：「真的沒有想到我們過去所有的努力都白費了，即將付之一炬，或許這是我們大家最後一次相聚。」說完他一飲而盡「最後晚餐」的酒。他說的「所有的努力」指的應該是上個世紀八〇年代開始，台灣在自由民主、本土文化、環境生態、教育改革、社區營造上的風起雲湧。劉克襄本身就是一個走遍全台灣山徑小路，常常用文字甚至繪本描述台灣生態之美的先驅者。

四分之一個世紀過去了，台海危機繼續升高，在這樣的威脅下，台灣人對自己家園的認同感更強烈，尤其是在這四分之一個世紀前後出生的年輕世代，他們用自己的方式為台灣撐起了一片天，更令我們刮目相看。

最近我問起劉克襄那次舉杯一飲而盡的事，他說早已經忘記了。

我記得那一晚，我睡得很香甜，醒來後才知道同行的人一直聊著國家大事到天亮。我不相信那會是我們的最後晚餐，因為我有信心台灣會是一個被上天祝福的地方，它總是能夠在一次又一次災難中浴火重生。所以，每當我能夠自由自在地行走在愈來愈多步道的家園時，內心深處充滿了感恩。

• • • •

劉克襄真是一個很認真的人，為了這趟跑馬古道之行，他提前一天自己先走了一趟，他說要先了解路況和廁所乾不乾淨。他全程戴口罩解說時，我透過耳機一直聽到他喘不過氣來的聲音，有時候會提醒他休息一下，大家靜靜地走一段也很好。我們出發的地點是礁溪老爺酒店，所以會先走一段五峰路，才能到達古道的山路。劉克襄就從台灣道路地上標線講起，從國道、縣道、產業道路。「沒有任何地上標線的，就是一般認定的步道，只有人可以走。」他如此簡單地解釋。六・七公里的跑馬古道有南北兩個出入口。我們這次是由南向北走，地勢漸高，一直到達北宜公路的最高點石牌之後，便是北路的出口。北宜公路最著名的九拐十八彎就在這裡。再往北去就是坪林了。

這條古道最早是因為搬運木材，在路上鋪上圓木枕，用木馬搬運從山上砍伐下來的木材，所以被稱為「木馬路」。劉銘傳要開闢一條從台北到宜蘭的便道時，曾經規畫把這一段路作為便道的一部分。日本人統治台灣後考慮到戰備的需求，把原本的山徑拓寬。日本軍人常常騎著馬在附近巡邏，於是「木馬路」又稱為「跑馬路」。

從五峰路進入山徑時會遇到一個賣香腸和大腸包小腸的攤位，通常我遇到這樣的攤位都不會放過，那是我的最愛，這次也不例外。另外還有一個用汽車引擎來發電賣手沖咖啡的人，他提著些熱水壺沖咖啡的動作很像舞蹈，忽高忽低，有內行的同行者說他遇到了高手，一定要買一杯來嘗嘗。

劉克襄的植物知識非常豐富，沿途說著一些植物的名字，其中最重要的當然是作為淡蘭古道標幟的雙扇蕨和可以忍耐貧瘠土壤的大頭茶。前者是侏儸紀時代就已經出現的活化石，像一把歷經風吹雨打破散的雨傘，只存在於台灣和菲律賓等地區，因此在蕨類植物中是非常珍貴的一種，但是對於台灣人而言卻是隨處可見的蕨類，在台北近郊的山區常常可以看到，淡蘭古道上特別多。

大頭茶的花在天氣開始冷的秋末冬初才開放，花朵掉落在草地上，像一個個黃心的荷包蛋，黃色的部分是花的雄蕊，所以英文名字就是「Fried Egg Plant」，是台灣的原生種茶科植物，也是很容易被找到的園藝植物。

我們走到一個山徑的轉折處，有一條溪流叫「十一股溪」，可以看到一個叫作「玉龍居」的舊亭子。十一股溪的上游曾經有過十幾戶人家，目前已經都不在了。過了木橋之後我們就走在山腰上漸漸往上爬，一直可以走到山神土地公廟。這個已經不完整的廟只剩下一點石頭砌成的牆面，是當地居民為了阻擋猴洞坑溪沖蝕山壁而建造，如今山壁崩落只剩這道牆。這裡曾經有黑鉛礦，曾經被開採作為瓷土。這一段長長的山路風景優美，可以眺望蘭陽平原的礁溪和頭城一帶。

當我們走在跑馬古道上時，沿途可以看到山腳下有一處很開闊而特別的公園，那是在宜蘭建築界耕耘了二十多年的建築師黃聲遠的最新作品，叫作「礁溪之心」。這個地方原來是非常知名的陸軍明德管訓班，隔著德陽路分為南、北兩個營區，當年是用來管訓軍中犯錯的士兵，面積大約有五公頃。這裡原來就有許多老樹和其他植物，後來改為「跑馬古道公園」。

從黃聲遠過去的作品，可以了解他的建築理念是和自然生態環境、土地上的歷史、文化、生活連結的，從來不會喧賓奪主、張牙舞爪地侵犯土地，他考慮的是建築物如何融入自然環境中的風、光、雨水，你可以從他的作品裡看到一種尊重土地的人文精神。他的概念從小小的社區籃球場到社會福利館、丟丟噹森林、幾米廣場、羅東文化工場、壯圍沙丘旅遊服務中心、淡水雲門舞劇場，你感受到的是大自然所給予的力量，而不是把大自然排除在外。

「礁溪之心」便是透過舊屋整建，連結四周的地景地貌，創造出一個更大範圍的文化、宗教、生活地景，結合礁溪原有的溫泉和目前正逐漸成形的淡蘭古道南路。他的所有建築設計的概念，和手作步道的精神其實是相通的。黃聲遠曾經對我說，如果把淡蘭古道南路的終點放在「礁溪之心」，那麼淡蘭古道就和礁溪有了完美的結合了。我也這麼想。

劉克襄帶著我們走在跑馬古道上時，果然說到了文學，他提到一個住在坪林的詩人零雨，他說如果要找一個詩人的詩來形容這條古道，那麼應該就是零雨了。零雨有一首詩就叫作〈頭城〉，她用這首詩悼念一個朋友F，描述夏天的黃昏火車，從頭城出發開往台北，可以看到龜山島，在天色漸暗時，火車從蘭陽平原進入了隧道。這首詩的最後幾句是這樣的：

那時你特別聽到
跌落山谷的一面鐘
細細叫著蟬一樣地叫
向右掠過水域騷動
龜山島淺淺的睡眠
列車長來剪票了不知為什麼
他說了謝謝又說旅途愉快

而那正是我想對你說的

我記得零雨有一首詩〈昨天的博物館〉描述人的心靈狀態，大多數人都被重複的日常瑣碎生活及工作上的壓力，折磨到無法維持自己原本的狀態，彷彿已經有一部分的自己已經死了。她那首詩的最後一句是如此直接而殘酷：

面向眾人微笑的那位先生已經死了
百分之百
臉上的微笑也不算
活著

生活在坪林的詩人零雨享受單純的田園生活，許多生活和工作習慣仍然維持著過去的模式。她曾經說過她對於人類文明走到現在這樣的快速紛亂嘈雜的情況，感到很不能適應，所以她用寫詩來描述自己內在平靜的世界。

走了跑馬古道後，我又找出零雨的詩來讀。每一條步道都是一首詩，我是這麼想的。

10 大粗坑的上學之路

我有過一次和吳念真同台朗誦文章的經驗。當時他挑選的文章是他剛剛完成的〈一〇二號公路〉，他用他獨特沙啞低沉的像是閩南語的國語這樣朗誦著：「我說的的確是一條路，這條路通往屬於我的地方；有時候，它更像一個歸宿、一條臍帶、一長串交織著淚水與笑容的生命刻痕。」他引用了一首在我們那個年代，家喻戶曉的美國鄉村民謠〈Take Me Home, Country Road〉：

Almost heaven, west virginia
Blue ridge mountains
Shenandoah river
Life is old there
Older than the trees
Younger than the mountains

沒有錯，現在已經成為許多人公認是台灣最美麗公路一〇二號公路，正是吳念真的返鄉之路。但是在他的記憶中，雖然這是一條曾經無比眷戀依賴，甚至療癒的歸鄉之路，卻也是他不堪回首的傷心之路。他說後來幾乎不想再走上這條路了，免得觸景傷情。

二〇二一年，我對於大粗坑的認識才剛剛開始。春天的清晨有點風，是涼爽的天氣。但是一夜的沙塵暴使得空氣瀰漫著濃濃的灰塵。久旱的島嶼正期待著一個遙遠不可期待的颱風光臨。我帶著一張地圖、一本《淡蘭古道北路》和《生命之森觀察筆記》出發時，陽光露臉了，這又是一個好日子。我們開車上了一〇二號公路，選擇了大粗坑作為我走淡蘭古道北路的出發點。

關於這段步道的故事，我想從這裡開始說，因為這裡正是創造《人間條件》系列舞台劇的發源地。真正走進這條步道，忽然有所領悟。大粗坑四周的山脈有一種在晨光中尚未甦醒的溫柔安靜，它沒有台北盆地北方大屯、七星那種連綿壯闊的氣勢，也沒有台北盆地南方山脈那麼險惡陡峭。但是，它似乎是為了撫慰人心而存在的，那麼親近，又那麼安靜無言。但是在某個清晨，它終於睜開眼睛，和你說一個故事。

我遇到一個人，手中捧著幾株櫻花樹的小苗，他是大粗坑人，退休後常常回來，說要把大粗坑的山區種滿櫻花。他說有不少像他一樣的大粗坑人，常常會回來已經成為廢墟的故居看看。我也遇到了一隻狗，據說是台灣土狗和米格魯的後代，被抓山豬的套索傷了一條腿。

吳念真從小學四年級開始，每天上下學要走兩次這條從侯硐到大粗坑的步道，一直到初中畢業去了台北工作為止。這條步道大約三公里多，以他當時的腳程，下山要走三十分鐘，上山可以在一小時以內走完。對城市的孩子而言，這樣的上學之路簡直不可思議。其實，那個年代在鄉下的孩子，有很多人都有這種漫漫長路的上學經驗。還有更多的孩子是連上學的機會都沒有。

吳念真最新推出的〈人間條件七——我是一片雲〉就是描述那個年代，小學畢業後直接去工廠當女工的那些被犧牲的女性故事。她們唯一共同的慰藉就是聽鳳飛飛的歌。「破曉的時刻，像霧般的美彩。可愛的鳥語，喚醒睡中大地……」鳳飛飛唱的〈碧城故事〉在山谷中悄悄地迴轉，是的，山脈又有一個故事要告訴大家了。

其實我也有一個類似的故事。我們的小學同學有一半在畢業後無法升學，不管成績多好，女生都去工廠當女工。有一個曾經在話劇中扮演我媽媽的女生，以第一名畢業後去當女工。後來，我們在鐵軌上相遇，我故意大聲叫她一聲：「媽媽！」她低頭趕快走開，我永遠記得她手上那個用布包起來的便當上的油漬。我滿滿的悵然和失落，至今依舊。

每當我走在山中的古道時，忍不住會想，在那個窮困的年代，有多少孩子走在這條漫漫的上學之路，又有多少人只是為了討生活而翻山越嶺長途跋涉？

每條古道都承載著許多人的生命經驗和無法抹滅的回憶。也許這也是我們重啟古道最大的意義和目的吧？

11 步道上的相遇

沿著一〇二號公路到達大粗坑步道之前，會先經過一個叫作「樹梅坪」的地方，在這裡出現了幾個淡蘭古道北路中最重要的古道標示牌。樹梅坪古道就在前方三十公尺處，往下走就可以一直走到九份；而通往燦光寮古道的起點就在旁邊的產業道路，距離古道還有一段距離；燦光寮古道走到一個轉折點，又可以接到楊廷理古道。

從這裡通往金字碑古道還有二・七公里，如果從大粗坑古道一直走下去，就可以接到金字碑古道了；距離貂山古道則還有八・五公里。這裡是一〇二號公路上視野最佳的地方，前方是茶壺山和基隆山，後方是半屏山，可以看到在海中的基隆嶼，金瓜石、九份，甚至深澳和基隆。

我開始走一段樹梅坪古道和一段往燦光寮古道的產業道路。沿途見到的芒草應該是白背芒，它在台灣是分布最廣的一種芒草，秋天開花，這時候的芒草有一種蕭瑟蒼鬱，連蝴蝶、蜜蜂都不會靠近。天空飛過的，或許是黑鳶吧？因為太高了，看不太清楚。

沿途會遇到一些人，有些是慕淡蘭古道之名而來，一路上拍照的年輕旅人，有些是愛爬山的中年夫婦，也有些是住在附近的登山常客。他們有的要去牡丹，有的從牡丹來要去九份，有的從九份要去貂山步道，有的去找半屏山。

當我走進步道會遇到不同的人時，總是會想到在人生的旅途中，人與人的相遇，百分之九十九・九都是擦身而過，剩下的或許只是駐足聊天，只剩下極少數的人會陪伴你走人生的某一段路，通常就是家人、朋友或是同事。

其中有些人，會影響你一輩子。

12 在淡蘭南北路起點長大的兩個孩子

有一個我曾經說過很多遍的故事，現在想要換個方式來描述，這個真人真事發生在六十年前戰後的台灣。一個生長在淡蘭古道南路起點——艋舺的公務員的孩子，他代表艋舺雙園國小參加全國小學生作文比賽，在這次大賽中遇到了另一個來自淡蘭古道北路起點——瑞芳九份大粗坑的礦工的孩子，他代表侯硐國小大山分校出賽。比賽結果，他們雖然雙雙落選，但是關於他們之間一輩子的各種比賽，竟然就是在這個時空裡啟動，從小說到電影，再到工作和人生。在未來六十年漫漫人生長路中，他們一直處於不斷合作又不停競爭中。一直到現在，他們只要碰面仍然針鋒相對各不相讓。

不過他們有個相同的地方，他們出生的地方已經是一個不存在的地方了。大粗坑已經成為廢墟，我童年的臨時宿舍也終於完全拆除。

喔，忘了一件事情。六十年前那場全國小學生的作文比賽題目是「錢」，副標題是「精神生活和物資生活哪一個比較重要？」我寫精神生活比較重要，老師搖搖頭說：「答案應該是一樣重要，你沒有希望了。」那個思想封閉的年代，作文也是有標準答案的。

關於「錢」這件事，我也曾經和吳念真「比賽」過，看誰小時候比較窮。我先開始抱怨：「我參加長跑時因為沒有跑鞋，就穿七雙襪子上場。」「我因為只有一雙襪子，所以乾脆把襪子底下剪了，每天套上在腳踝上假裝有穿。有一天，大家要脫鞋子量身高……」他立即回應。我再說：「我上學一定要拿到獎學金才能上，教科書也一定要去舊書攤買舊的，害我上課時用的版本和別人不同。」「我初中全校第一名，但是我沒有錢升高中。」「我們家付不出米錢，積欠雜貨店的錢，老闆娘會故意攔下我，威脅不再賣米給我們家。」「你們家的小孩會不會為了一碗湯上有一滴油，大家都捨不得撈那一滴油？」

我們這段精彩的對話，是發生在上個世紀八〇年代，我們在西門町中影的辦公室內。那一天下午，他拿到了我本來要提供出來當道具的「小學日記」。他花了一個下午讀完，在黃昏來臨時嘆口氣說：「我很同情你。」他指的是我被壓抑的精神生活。「我也很同情你。」我回應他，不過我指的是物質生活。或者是因為這樣，我們彼此看到了對方的匱乏，也發現了自己成長中得到的珍貴禮物，使我們得以透過不停的創作顯現出來。

13 兩條因為台灣電影而聲名遠播的古道

後來又去一次大粗坑步道，就遇上了濃濃的大霧和紛飛的細雨，這才是大粗坑的日常天氣。當我在大霧中走進步道時，遇到兩個中年男子蹲在步道兩旁低頭採集石松柏，據說這種藥草植物可以治肝病，但是也有人因為吃了太多的石松柏汁導致腎衰竭。回程時遇到沿路用除草機除草的工人，才恍然大悟為什麼那兩個男人會在幾個小時前趕快採集石松柏，他們必是山中的居民，連步道的除草時間都知道。

大霧和滿山遍野的芒草，是吳念真的劇本中常常出現的畫面和旁白。由侯孝賢導演、得到威尼斯影展最佳影片的經典電影《悲情城市》最後，女主角寬美（辛樹芬飾演）的日記獨白中有這樣的句子：「有空來厝ㄟ走走，九份開始反冷了，菅芒花開呀。滿山白茫茫，像雪。」

吳念真也曾經為萬仁導演的經典作品《超級大國民》的開場，補寫一段如同日本俳句的旁白：「霧散了，景物終能清晰看見。但……為何都帶著淚水呢？」

淡蘭古道北路的起點上，有兩條古道沿途的景色，因為上個世紀的幾部經典台灣電影如《戀戀風塵》《多桑》《悲情城市》《無言的山丘》而聲名遠播，許多國內外的觀光客皆慕名而來。其中一條是從大粗坑出發，經過侯硐的金字碑古道；另外一條是燦光寮古道，從瑞芳出發，行經苧仔潭、九份、金瓜石後抵達燦光寮。

在《無言的山丘》這部電影中，王童導演發揮了他在美術布景道具的長才，重現一九二七年前後，挖金礦的興隆年代下的金瓜石街道及建築。而把時代背景放在台灣動亂的一九四七年二二八事件的《悲情城市》，拍攝現場正是九份和金瓜石，使得這些原本已經很少人到訪的小鎮變成繁榮的觀光景點。不過也因為這樣，這些地方失去了原本的質樸面貌。

吳念真曾經這樣形容他的故鄉：「九份啊……就像一個乾淨、樸素的老婦人，坐在向晚的屋簷下安靜地縫補衣服。白髮如霜的她看到陌生人走近，一定會給你一個真誠的微笑，然後跟你說：『來坐啦！』一旦你坐下來，她或許會有一句沒一句地跟你說她的過往，而每一段敘述或許都將是足以讓你瞠目結舌的往日風華。而對我來說，這個老婦這幾年來卻穿起了城市流行的服飾、擦上蜜粉口紅到處走動，即便是同樣一句『來坐啦！』聽起來卻多了一點風塵味。」

或許當繁華再度落盡，透過一條條山徑古道的重現，我們會重新認識這些古樸小鎮。

14 楊廷理古道——用人的名字命名的古道

接在燦光寮古道旁邊，有另外一條直通宜蘭、用人的名字命名的「楊廷理古道」。楊廷理是誰？這一條從燦光寮、雞母嶺、澳底、福隆、隆嶺到石城的道路和他有什麼關係？

如果從自然發現史的角度來看，吳永華為這條古道寫了一本厚厚的《貂山之越》，裡面有許多動植物學者的介紹及動植物分類；從歷史及文學的角度來看，宋澤萊曾透過楊廷理這個充滿爭議性的怪咖，分析他的詩作如何在台灣文學史占有一席之地；作為清帝國邊陲時期台灣史研究的學者，更可以從楊廷理幾度進出台灣的過程中，看到一個滿清帝國入主中原後的縮影。

重新翻修一條被荒煙蔓草掩沒的古道，最大意義便是從中找到被我們忽略或遺忘的人和故事，使我們更明白自己的身世。

我對楊廷理這樣一個曾經因為在福建當官時犯下貪贓枉法罪而被判處死刑，後來又因為對噶瑪蘭做出重大貢獻，被當地人當神來膜拜的怪人感到興趣。因為不斷在毀滅中浴火重生，是台灣歷史的宿命，所以有許多奇特怪異之人齊聚在這個島嶼上，也不足為奇。而這些人的命運，也解釋了台灣的歷史走向。

透過宋澤萊的研究，我們約略知道楊廷理傳奇的一生。十二歲就寫出「世人只詡高聲價，那識良工費苦心」這樣詩句的他真是個天才，但是三十二歲才透過「拔貢」當上福建歸化縣的縣令，開啟了他後半輩子大起大落的官場人生。一七八六年，已經四十歲的他終於來到台南城擔任台灣府海防兼南路理番同知。遇上林爽文事件時，他發揮調兵遣將的天分，不但守住台南城，隔了兩年還一路追捕林爽文至三貂角和噶瑪蘭附近。

雖然他立下戰功，升任福建分巡台灣兵備道兼提督學正，卻因為過去犯的錯，在五十歲那年被判死刑，差點被處決。後來被發配伊犁充軍七年，寫下一千多首詩。返回家鄉時萬念俱灰，但是台灣的官員和仕紳卻向他表達支持和善意，使他用「捐復」的方式重回官場。當時的台灣內有漳泉械鬥，外有海盜攻掠，一八〇六年嘉慶皇帝終於召見已經六十歲的他重回台灣平亂。

他重回到台灣的第二年，立即在現在的瑞芳建立基層軍事單位「汛」，和原有的燦光寮的「塘」（設於汛下的軍事基地）及澳底的「汛」連成一條海防線，同時開闢金字碑古道等路線，藉由這樣的開山鋪路建立山裡的通道和防線，完成了平亂的任務。

也因為這樣的因緣，他一再說服朝廷在噶瑪蘭建城設廳，好好開發噶瑪蘭，不過並沒有立即被採納。在他人生的最後幾年仍然遭到奸人陷害，返回福建接受調查，受盡屈辱和折磨，這段期間噶瑪蘭也不斷發生天災人禍。直到一八一二年，噶瑪蘭終於設廳，正式納入清廷的版圖，採用楊廷理丈量土地畫出的地圖，以及他所寫的《噶瑪蘭創始章程》作為未來經營的藍圖。說來有點悲傷，因為這是楊廷理過世的前一年，當時他已經六十六歲了。

他寫下一首詩〈噶瑪蘭道中口占〉，留下了像「五入深山敢憚遙，開雲屢喜見三貂。」「照眼野桃紅細細，濕衣曉霧白飄飄。」這樣帶著欣喜之情的詩句。五入深山指的便是楊廷理五次進入噶瑪蘭調查的過程，他所經過的山徑古道，便是為了紀念他而取名的「楊廷理古道」。

一直很想要告老還鄉的楊廷理，在完成了詩集《東游草》之後不幸「客」死台灣，就像其他清帝國派來台灣的官兵一樣，兩百多年來他們都是過客，不是歸人。但就在他死後兩年（一八一五年），清廷正式在淡蘭古道上設立可以傳送公文及巡邏的「鋪」，在現在的萬華、松山、汐止、暖暖、燦光寮、三貂嶺，連接上噶瑪蘭的嶐嶐鋪、北關鋪、烏石港鋪、沙崙鋪。透過汛、塘、鋪的連結，淡蘭古道便這樣很自然地連結起來了。

山丘無言，古道無語，只有風吹過台灣桫欏的裙擺、桂竹的衣領、九芎赤裸的身軀、台灣油杉的針織外套，彼此訴說著自己知道的歷史。淡蘭古道的故事發生在大清帝國盛極而衰的時刻，內憂外患逼迫帝國正視他們心目中的邊陲小島，這也正是台灣的歷史宿命。如果把楊廷理寫的《東游草》和淡蘭古道做某些連結，或許能夠為那段漫長、浪漫、悲傷的傳奇歷史，在山徑古道上殘留下一點點蛛絲馬跡。

或許哪一天我們走在楊廷理古道上，會和這個怪人不期而遇。聽到他在吟唱他自己的詩：「再來海國喜逢春，暖日和風綵仗新。」作詩這一年他重返台南府城，當地士紳民眾列隊熱烈歡迎，六十歲的他，開始人生最後七年，也是最精彩的時光。命運坎坷的他，只有在這個島上找到自己的人生意義。

或許，你也可以告訴他，在他走後的兩百年，台灣發生了什麼驚天地泣鬼神的大事；或許，當一隻鷹飛過時，你可以教他分辨那是吃蛇的蛇鵰，或是吃虎頭蜂的東方蜂鷹。

15 古道上的無名英雄們

在3D電影《美力台灣》下鄉巡演的記者會上，我遇到很久不見的賴清德副總統。他見了我第一句就是：「啊，我正想找你，一起去走千里步道吧。」我想我的腦袋上大概印著「千里步道」四個字。

當時我並不以為意，以為只是兩隻「螞蟻」遇到時打個招呼的禮貌。結果我判斷錯誤，沒有多久，他就展開「健康台灣千里共行」的計畫；在極短的時間內，他真的就開始不斷「走路」，也親自動手和大家一起做步道。

二〇二〇年秋冬之交到二〇二一年春天，他一口氣走訪了許多條步道山徑。他強調走步道可以保持身心健康，並且提醒台灣人通常在人生的最後幾年，都是處於躺在床上靠著醫療器材維持生命的狀態。他想要倡議大家多走路，成為長壽又健康的人。

他選擇的第一條步道，是位於新北雙溪泰平的溪尾寮古道，這條古道曾經是往返泰平與坪林之間的路徑，緊臨泰平信仰中心壽山宮。泰平屬於淡蘭古道中路，除了可以透過溪尾寮古道連結淡蘭南路的坪林路段，也可以透過虎豹潭古道和淡蘭北路的雙溪連結，成為淡蘭古道的樞紐。

泰平古名大平或太平，位於北勢溪的上游，是雙溪鄉唯一要定期封溪護魚的自然保護區，所以溪水清澈乾淨，由大平橋下望，可以清楚見到苦花、溪哥等魚類。

穿過虎豹潭的欄砂壩後右轉，沿著北勢溪的溪岸向前行，便是虎豹潭古道。這是一條非常寧靜優雅的古道，沿途都是北勢溪源源湧入的水聲。沿著這條古道會走到壽山宮，就可以接上溪尾寮古道。沿途除了大片竹林外，更掛滿了「褒歌」的竹板，這是民間男女用閩南語對唱傳遞情感的歌詞，幽默風趣。

當地居民主動整修古道和水圳復育水梯田，更特別的是，他們經營一種「良心菜攤」和「誠實冰箱」，雙泰產業道路上有許多無人的菜攤，都是當地農民採收下來賣的，像是山藥、南瓜、冬瓜、菜瓜、大白菜、鵝白菜、生採香菇、海芋、秋葵、薑。「誠實冰箱」裡放著各種運動飲料和啤酒，還有段木木耳露。你可以取走你要的東西，把錢投入旁邊的箱子裡。這個位於溪尾的寧靜山村，正向世人展示一種彼此信任的互助社會。

和副總統走步道的那天，運動品牌 XTERRA TAIWAN 的志工們正在溪尾寮古道進行一段手作步道假期，我們也參與其中最後一段工程。志工們從流經溪谷的溪流旁尋找適合的大石頭，抬上步道，那是一段很陡峭的山路，他們同心協力地抬著溪邊的大石頭，用傳統乾砌法把一個又一個大小不同的石頭，鑲在已經整理過的泥階上。這些志工們都非常年輕，有人帶著孩子，有人帶著狗，在陽光下笑容滿滿，顯然這是他們工作之餘的快樂假期。

這群人已經是手作步道的固定志工了。在這之前，他們手作過石碇牧童路的步道，也參加楊廷理古道在貢寮雞母嶺保甲路段的手作步道。我們離開時，從產業道路向山谷深處下望，這群志工們正在溪邊清洗自己和器具，他們仰著臉向我們揮手，曬著陽光的臉，仍然是滿滿燦爛的笑容。

我想起自己第一次參與手作步道的經驗。在那個工作結束、大家都下山的漸暗黃昏，一對父母親帶著十歲左右的小孩在福州山六十六號廁所外，替大家清洗工具，一件件放在廁所外的草坪上。直到山區已經完全隱沒在黑暗中，他們才下山。我陪著他們走下山，一路上聊天才知道，他們一家人都是荒野保護協會的志工。孩子告訴父母親，希望能夠繼續請假，因為他好喜歡手作步道。

不論是 XTERRA TAIWAN 的志工或是荒野保護協會志工，還有那些尋找古道並且重建古道的朋友，都是廣大的台灣步道志工的縮影。他們用自己的雙手，修補著一條條隱藏在山谷間的古道。是勞動的藝術，是療癒也是救贖，他們才是手作步道的無名英雄。

Chapter 10
浪漫、溫柔的樟之細路

我貼近地面欣賞那痕跡——寬大掌部和四個橢圓趾頭，和人掌尺寸相當，如一朵淺淺雕刻在雪中的花。由於昨夜的雪一直下到清晨，如此新鮮的足印表明一隻成年雪豹剛從右側雪山下來，沿谷底行走一小段……

——《馴羊記》徐振輔

1 客家尋根的旅程

客家人移民來台灣的時間比閩南人晚，所以他們只能往西北部或是南部比較貧瘠的丘陵山區拓墾。台灣西北部丘陵山區原來是平埔族的道卡斯族、巴宰族和賽夏、泰雅等族群居住生活的地方，三百多年來不斷上演著各種族群之間的紛爭，或是反抗統治者的流血衝突。但官民和族群之間也有很多合作與交易，所以整個山區遍布著製造樟腦的腦寮、礦場、炭窯，四處也可見茶園和各種果樹。

樟樹、竹林和梯田是這裡特殊的風景，特別是竹子成長速度很快，除了會排擠其他植物，也會掩沒道路。許多曾經在梯田工作的客家女人，都有斗笠被風吹落梯田後跑去撿的經驗。而早期客家女人習慣背對河流洗衣服，因為她們要保持警覺心，怕被外來的敵人攻擊。在這個山區有許多被人走出來，或是因為各種需求而開發的古道山徑，成為後來國家級綠道「樟之細路」所要尋找並且重建的路線。在重建過程中，要把已經盤據在古道上扎根很深的竹林鏟除，是最艱難的工作之一。

對於自己有客家血統這件事，雖然從小就知道，卻有一種距離感。因為我們不屬於早年那批客家移民潮，我們沒有和親戚一起生活在台灣客家村落的經驗。我對客家文化的認知和認同，反而是在很久之後一點一滴地回憶起來。

像是在書上看到，清朝女人都有裹小腳的習慣，如果當時遇到沒有裹小腳的女人，那就可能是客家人，因為她們要下田工作。我一看便想起我的祖母就是沒有裹小腳的女人，她是當年從南京遠赴閩西山區剿滅土匪的軍人後代，嫁到閩西客家村成為客家女人，我們只能用客家話和她溝通。我媽媽也是來自閩西的客家人，但是她因為在閩南漳州、泉州工作，會說一口流利的閩南語。他們生長的那片接連著廣東、江西邊界窮山惡水的閩西山區，正是客家人南遷的大本營。在二戰結束，日本投降後，他們分別來到台灣工作，結婚生子後就沒有再回去。

爸爸告訴我，他是「開台第一代」，不再根據族譜給孩子們取名字。他對我的期望很深，教養方式很嚴厲，當我有了孫子孫女後才發現，那正是一種期望兒女能在這個陌生島嶼重新開始建立家業的心情，而我是大兒子，他的期盼更加殷切。詹宏志曾經形容說，這種人生際遇其實就是「魯濱遜漂流記」，因為他們只能根據過去的生命經驗，重新適應陌生的環境。

有一次我在一個抗爭活動的場合聽到一首蕭泰然作曲、林央敏作詞的歌〈嘸通嫌台灣〉，聽到「咱若愛子孫，請你嘸通嫌台灣。也有田園也有山，果籽的甜，五穀的香，乎咱後代吃未空」時，忽然痛哭起來，因為我想到父母親那一代異鄉人，想要在陌生的島嶼落地生根的奮鬥和艱困，對於加諸我身上的一切，終於澈底釋懷。我接受這一切，並且覺悟這一切都是像魔術師一樣的父親，留給我們最好的禮物。

我開始追尋童年所享有的浪漫和溫柔。

2 最浪漫、溫柔的事情

我曾經和家人一起創作過許多童話繪本，沒有根據任何古老傳說改編，完全天馬行空想像。多年後竟然發現每個故事都很適合改編成客家兒童音樂劇，例如由《寶莉回家》改寫而成的《嘿，阿弟牯》，以及在疫情中線上陪伴孩子們的《雨馬》，使我和客家的血緣及基因關係有了非常巧妙的連結，這應該就是一種最自然存在的血統吧？因為《寶莉回家》是描述一個島上的居民如何和環境與天災共存，甚至共榮的故事。《雨馬》更是直接描述一群花人想要追尋自己的歷史，藉由雨馬的出現來尋根溯源的故事。

和家人一起完成一系列「小野童話」的過程，是我人生中最美麗的回憶之一。當時我是和旅居美國的弟弟兩家，大大小小八個人一起從無到有集體創作。最美麗的回憶是我們重演了自己那段窮困但天馬行空的童年時光，真的是非常浪漫又溫柔。

童年我和弟弟被允許在破舊的公家宿舍牆上和水泥地上畫畫，爸爸也會為我們親手製作元宵動物花燈和雕了花紋的高蹺。過年期間，爸爸會自己用感冒藥的塑膠盒做成立體撲克牌，和我們賭錢。家裡的牆壁上貼滿了爸爸想出來的謎題，猜中了有獎金。院子的葡萄藤下常常飄揚胡琴拉出來的客家歌謠，那是爸爸和同鄉們的夏夜奏鳴曲，只要曇花開了幾朵，爸爸就會說快要發生好事了。爸爸教會我最重要的事情就是，要當生活的魔術師，創作和發明隨手可得，有工作機會先答應了再去學，不要退縮。其實，從小我們就生活在一種樂天達觀、積極進取的客家風情中。

有一個研究野生動物的學者裴家騏告訴我，台灣西北部山區之所以還有石虎出沒，應該是和客家人的生活習慣有關，因為客家人有惜物的傳統，居住的環境也容易保持原狀，比較能夠和動物共存。這樣的觀念啟發了我用一種更趨近當代潮流和思想的方式，來解讀客家文化。

這種把客家傳統融入現代的例子很多，其中位於苗栗銅鑼客家文化園區的建築設計就極具代表性。這幢建築物完全根據山丘的地形變化而設計，藉由步道的動線，把建築物附近的山林作為「調和緩衝」之地，如同海和陸地之間的濕地。

這個建築物像是從苗栗銅鑼山丘上「長」出來的，有梯田、步道、河流。我喜歡這樣謙卑、樸素、極簡、尊重大自然的建築。樟之細路的誕生，正是一場更大規模和範圍的客家人生態、文化和歷史的重建計畫，完全符合把傳統融入現代思潮，使得客家文化不再拘泥於刻板印象。在台北出生長大的我，對台灣西北部山區是陌生的，樟之細路卻牽引著我走向了客家尋根的旅程。

3 苗栗水寨下古道——馬偕牧師曾經走過的奉獻之路

我們對浪漫常有誤會，以為美食美景美酒，加上一些富有情調的音樂便是浪漫，其實浪漫情懷不只如此。小時候常常聽到大人說：「你少夢想了，別太浪漫了。」那個貧困年代求生不易，凡事求務實有用，再多的念頭和欲望都是要被壓抑的，不要去做有風險、不易成功的事。所以馬偕醫生來台灣行醫傳教才是最浪漫的事，推翻暴政的革命也是浪漫的。當然，在山林中尋找那些被竹林爬藤蔓草掩沒的古道，找出古道的歷史脈絡，是最浪漫的；蹲下身，用雙手打造一條又一條的手作步道，更是最溫柔最浪漫的。

在山海圳綠道和淡蘭古道陸續完成後，樟之細路的誕生，再一次展現了我們的浪漫和溫柔。這個夢想發生在二〇一六年底，千里步道協會在政府部門的協助下，決定沿著浪漫台三線的內山公路，縱走桃園、新竹、苗栗的山區古道，串接起古道上的聚落，構成樟之細路的國家綠道系統。

在尋訪古道時，第一個想到的人就是浪漫且溫柔的加拿大牧師馬偕。他在一八七二年來到台灣行醫和傳教時才二十八歲，一直到五十七歲過世，長眠於這個已經成為他的家的島嶼。他為台灣奉獻了自己一生的熱情和慈愛，所以他在台灣行走過的足跡，已經是台灣歷史的一部分。我記得他在《福爾摩沙紀事》（from far Formosa）裡這樣描述台灣：「台灣因為日光強烈，濕氣又重，所有生命的生長都很快，而且腐朽也快。」

我曾經四處尋找馬偕走過的路，在宜蘭冬山河的廢河道看到一幢噶瑪蘭族的舊房舍，外面有三株馬偕親手種植的橄欖樹。有些住在宜蘭和台東的噶瑪蘭族人，在漢化時改姓偕。像是有位移民到花蓮，終其一生為噶瑪蘭族民族復興運動奔走的人就姓偕，叫作偕萬來。從這樣的歷史淵源可以知道，馬偕牧師對台灣的影響有多深遠。

我們終於在尋找樟之細路的過程中和馬偕再度相遇，彷彿看到了久別重逢的樹，滿山遍野的樹，無所不在的樹。那些樹幹上的紋路，像是我們熟悉的老朋友臉上的皺紋。當年馬偕曾經十二次踏上這條從頭屋到獅潭的「苗栗水寨下古道」，順著老田寮溪翻過許多山嶺，來到獅潭傳教和行醫。獅潭劉家老宅的龍眼樹，據說正是馬偕為當地住民拔牙的地方；現在的獅潭鄉農會供銷部旁，也曾經是一個簡陋的木造教堂，馬偕牧師就在這裡傳播福音。

「水寨」是客語「瀑布」的意思，所以「水寨下」便是有許多瀑布的地方。過去一百多年來，平埔族人和漢人都是透過「水寨下古道」這條充滿瀑布和懸崖峭壁的危險山徑遷徙和拓墾。戶外部落客阿泰和呆呆，率先花了六天時間「試走」這條很艱難的步道；「健行筆記」的部落客小揚和阿寬，也同時進行這條古道的全線踏查，這條古道也成為樟之細路上第一條完成標示系統設置的步道。

雖然明德水庫的興建淹沒了一部分的古道，但是也因此保留了樹木濃密繁茂的原始山林。現在殘留下來的水寨下古道以普光寺為中心，被切成南北二段，其中的南段沿著河谷，翻過帽盒山來到蘧蘆書院。目前由普光寺到蘧廬書院的這一段路，透過林務局新竹處的志工用手作步道的方式整理完成。這是繼渡南古道之後，第二條在樟之細路上純粹用雙手來修復的手作步道。

這樣的修復工作會持續下去，未來會接上另外兩條重要的古道：北隘勇古道和鳴鳳古道，最後到達獅潭，完成馬偕的奉獻之路。

4 從三坑渡船頭到石門大草坪——樟之細路的起點

二〇二一年盛夏之日，疫情「微解封」之時，我終於踏上了樟之細路最前端的三坑子擔米古道，進行「微步道」之行，因為這條石板步道實在很短。

走在步道上，有一種複雜的感覺和味道，石板上有著夏天不該有的落葉，瀰漫著櫻花樹剛剛被砍伐的氣息，夾著月桃花葉子的香氣和一種大雨過後的土壤腐味。正是馬偕牧師形容的那種島嶼日光強、濕氣重，所有生命同時茁壯和死亡的味道。

回想百年前這條古道的味道應該更複雜，樟腦刺鼻的香味揉合了茶葉的清香，蔗糖的甜香混合柑橘的果香，夾雜著檜木、香茅、稻米、煤炭、石子的味道，還有衣衫濕透了的身體味道。居住在桃園、新竹、苗栗的客家人，就是透過這樣一條古道和三坑仔的水運起點而連結了。十一份和三坑子都位於大漢溪的河階地上，十一份在上層，三坑子在下層，所以古道由上往下走。

循著龍潭石門國小旁的十一份路一直走到底，我找到了這條古道。十一份應該就是當年有十一個人合資來這裡開墾的，台灣的古地名就是這樣直接清楚，像十一份旁的泉水空和淮子埔，空是客家話「洞」的意思，泉水不斷從洞口冒出，就是泉水空；埔則是平地。這三個地方的一部分成為一個新的地名「佳安里」，隨著石門水庫的建造而成為一個極特殊的地方。

除了經濟部水利署北區水資源局所在的石門大草坪外，佳安里還有兩個神祕的單位——中山科學研究院和行政院原委會的核能研究所。因為當年石門水庫的建造工程，使佳安里人口有了極大的流動；因建水庫而移入的人口大增，原來的客家人大量遷走。

這裡附近有一條「美國路」，就是當年只有美國工程師可以從宿舍走往石門水庫方向的軍備道路。當年美國對於石門水庫的建造提供專業技術的人和經費，美國工程師住過的宿舍也很有歷史意義，融合了日本和美國住宅的風格。

在這個充滿歷史感，種了許多流蘇、樟樹、木麻黃、青楓的石門大草坪的盡頭，我找到了另一條樟之細路的古道——林埤古道。因為也很短，我也就來場「微步道」之行。這條短短的石板步道是連接十一份到清水坑的步道，所以也叫清水坑步道。埤塘和看天田是這裡的特殊景色，為了便於灌溉而有了比水圳更容易完成的埤塘；缺乏灌溉系統的稻田則是靠天吃飯的，所以叫作看天田。短短的林埤古道的盡頭，便是一條源頭湧現滾滾流水的石門大圳，因為種滿了櫻花，所以也稱櫻花大道，解釋了歷史的流變。

除了林埤古道外，清水坑還有另外兩條古道，分別是打牛崎古道和伙房崎古道，都是當年農民要走去三林地區耕作的路線。「崎」是指「斜坡」，當牛載不動牛車，不願意再走時，農民會鞭打牛身；「伙房」是客家話「廚房」的意思，這條古道正是沿著居民的廚房邊緣而行。這兩條古道當年都是採用清水坑溪的溪底卵石做成的，很適合「微步道」之行。

樟之細路最前段的幾條古道都是位於龍潭、關西這兩個屬於大漢溪流域的小鄉鎮。大漢溪原名大嵙崁溪，流經新竹尖石鄉、關西鎮、桃園龍潭、大溪區，最後流經新北市後匯入淡水河。石門水庫就是在石門峽攔截大漢溪中游的水所建造。當年台灣的茶葉、樟腦等貨物，便是透過大漢溪和淡水河，從龍潭三坑到大溪、台北大稻埕碼頭，再運送到世界各地。當時透過海底電纜的電報傳遞市場訊息，台灣和全世界的文明發展是同步進行的，這比當年在台灣建鐵路更具現代化的意義。

龍潭三坑渡船頭（又稱二段潭渡船頭）正是陸路的終點，水路的起點，也有人稱這個地方是「客家茶港」。「坑」是客家話的「溪」，有坑的地方才會有水流過，所以是三條溪匯合的渡船頭。從各地送貨到龍潭三坑後，會再往下運到二段潭。當時用的貨船都不大，像戎克船，甚至是木筏，所以一旦風浪過大，就要走陸路。現在這個歷史性的三坑渡船頭，已經重建成三坑自然生態公園，引附近石門大圳的水形成公園內的水潭，用生態工法恢復公園原始風貌。

三坑渡船頭和石門大草坪正是樟之細路的源頭起點，想要了解樟之細路的脈絡，這是兩個必要走一趟的地方。

4 有文學家和獨角仙陪伴的客家田園

讀師大生物系時，我最喜歡的一門課是「昆蟲學」，除了常常去陽明山捕抓蝴蝶、竹節蟲、鍬形蟲製作標本外，也會抓蟑螂解剖，人類的許多創造性的靈感都來自生存能力超強的昆蟲，包括牠們的口器，我甚至崇拜昆蟲。

但是，我從來沒有見過活的獨角仙。一直到我接近退休的年齡，在龍潭、關西交界的小人國附近，找到一個可以過田園生活的地方。在那裡，我不但見到了獨角仙，更看見整個獨角仙森林。

第一次見到活的獨角仙時興奮不已，像個孩子一樣到處告訴朋友們。在鄉下長大的朋友覺得我大驚小怪，問我說：「你不是讀生物系嗎？」從此以後，每年夏至那一天，我都會去獨角仙森林，等待我的獨角仙朋友從土裡爬出來，爬上光臘樹，開始用布滿牙刷般毛鬚的咀嚼式口器，把樹皮推出一道道的溝，快速吸取生命中的第一口美食，剩下的汁還可以留給蜜蜂、螞蟻吸。

我開始對獨角仙做一些研究，發現在許多客家村落會有獨角仙，在客家村落長大的孩子都知道這種「油雞牯」，「牯」在客家話中是最常見的字，野孩子的意思，我的祖母就叫我「大賊牯」，我弟弟則是「小賊牯」，大小土匪的意思。祖母的老家在閩西山區，盛產金絲猿和土匪。光臘樹就是白油雞樹，獨角仙的幼蟲叫雞母蟲，因為肥肥胖胖的幼蟲是雞的最愛。

我曾經有過田園生活的那個地方，有個舊地名叫「三洽水」，是高度在三、四百公尺的強酸性磚紅土台地。洽是客家話的「合」，三條野溪是霄裡溪、大北坑溪及南坑溪，就是現在的「三水村」和「三合村」。

過去龍潭的銅鑼圈台地（三水、三河、高平、高原）和關西因為開墾和地形的關係，同屬一個生活圈。我住的地方原本是階梯式的茶園，濕氣重，溫度高，常常籠罩在大霧中，加上酸性紅土，所以這樣的環境種出來的龍泉茶非常出色。另外一種客家人稱為「冰風茶」的東方美人茶也是這裡的特產。獨角仙出來的季節，茶樹的嫩芽會被一種茶小綠葉蟬吸食加持，產生特殊香味。

住在都市裡的人總是會想辦法使自己的生活有點田園味道，所以在三十多歲時，我放棄有電梯的大樓，換了一個沒有電梯但是有頂樓的公寓，把頂樓弄了一個小小的花園石屋，石屋用鞍山岩做牆，每塊石板皆可畫圖，從兒子女兒畫到孫子孫女。頂樓花園裡種了幾株龍柏、竹子、杜鵑、桂花、樟樹，還有許多從種子發芽開始種起的台灣欒樹，和一株用朋友寄來的扁平蘋果長大的印度紫檀。

當我找到龍潭三洽水的房子後，決定把這些植物從城市的公寓頂樓移植到更大的空間中，我把這樣的行動稱為「解放植物」。所以我也把爸爸種在盆裡當盆景的黑松、榕樹全部解放，讓它們重回屬於自己的大地，那才是它們的家。幾年後，那株小小的印象紫壇和龍柏已經長成三層樓高了。

可是我在別人逐漸退休時重返電視工作，加入競爭激烈、你死我活的殺戮戰場。原本想回歸更澈底的田園生活計畫暫時擱置。我自詡是拯救家園的「神鬼戰士」，不惜官司纏身，戰到最後一兵一卒；又自認是帶領「圓桌武士」們攻進混亂城堡的亞瑟王。已經不再年輕的我，在每個陷入暴亂後的周末深夜，像逃難似地連夜返回自己打造的田園，那個給我短暫休養生息的家，一個有獨角仙、印度紫檀、黑松、樟樹陪伴的家。

每當耳畔響起熟悉又陌生的客家話，通常都是帶著亢奮的狀態，彷彿聽到祖母追著我大喊「大賊牯子」的吼叫聲。餐廳裡的食物都飄著濃郁的油香鹽漬味，大塊帶肥的爌肉、大塊帶筋的白斬土雞、大塊噴油的梅乾扣肉。傳統客家人都是辛勤的勞動者，日出而作日落而息，他們需要補充體力，所以食物都是大塊大塊的。或許不符合現在流行的健康淡食，但是卻能給人一種充滿熱情和能量的安慰，撫慰著已經失去鬥志的人。

有時候我會去龍潭大池走走，那裡有鄧雨賢的銅像，紀念這位創作四月望雨（〈四季紅〉〈月夜愁〉〈望春風〉〈雨夜花〉的台灣歌謠之父。我曾經參與搜尋遺落的台灣歌謠計畫，找到了鄧雨賢寫的〈想要談同調〉，成為鳳飛飛台語專輯的名稱。很少人知道天才早夭的鄧雨賢是客家人，他一輩子都沒有為自己的族群寫過客家歌謠，反而大量創作閩南語歌謠，到了日本皇民化的時代用唐崎夜雨的名字寫日文歌，戰爭爆發後，日本人改編他的歌〈雨夜花〉等成為雄壯威武的軍歌，鄧雨賢的命運正是客家人隱性存在、壓抑自我的象徵。

沿著浪漫的台三線樟之細路，我陸續遇到了幾位客家前輩作家，龍潭的鍾肇政、新埔的吳濁流、北埔的龍瑛宗、大湖的李喬。鍾肇政曾經約我替《台灣文藝》寫文章，他提醒我要用「國片」取代「台灣電影」。在上個世紀八〇年代，「台灣」這樣的稱呼仍然是一種禁忌。

我曾經為了改編李喬的小說《寒夜》成為連續劇，不只熟讀他的作品，也做了很多田野調查。李喬的作品貫穿一個主題，那便是「反抗」。讀完吳濁流的《亞細亞的孤兒》之後，我終於明白台灣人在一次又一次的政權轉移中，找不到自己身世、自我認同和最後歸屬的痛苦。

而自稱是「孤獨的蠹魚」的龍瑛宗呢，他坎坷艱辛的人生和曾經因為語言文字的阻礙而停筆很久的作品，就像是一條隱身在茂密森林中的古道，當時很用力地踩出來的古道，雖然荒廢在草叢中，但是因為過去踩得很深，所以一直都在，等待後人來整理。我們會看到一個處於殖民和戰爭中的台灣知識分子，如何能不屈不撓地透過寫作來展現他的高貴情操。

已經很久沒有再去龍潭三洽水了。但是我永遠不會忘記當夏至到來時，甦醒的獨角仙們爭先恐後地爬出地面，享受等待已久的光臘樹幹的蜜汁美食，生氣勃勃、能量滿滿，打算好好活一場，享受短暫生命的可愛模樣。

我曾經如此依戀的客家田園，現在成了「樟之細路國家綠道」的起點，現在有許多同伴陪著我，在這些古道上踽踽前行，各自尋找自己熟悉的氣味。

在尋訪、走踏、手作一條又一條古道山徑的漫長旅程中，我非常確定的是，家不再只是一個可以供我們居住的空間，家人也不再只限於有血緣的人。如果我們無法找到和土地的連結、認同和歸屬感，無法無怨無悔地付出我們的熱情，我們永遠只是一個迷路的異鄉人，或是近鄉情怯的遊子。

5 一條平凡小魚的身世——受傷的河流，重生的手作步道

習慣性走進山徑古道的行為，因為二〇二一年大疫下的三級警戒而中斷兩個月。但是我的心情依舊很平靜，就把它當成是人類文明過度消耗地球資源，終於受到大自然的全面反撲，我們每個人都得承受和面對這場浩劫。每天醒來時，都會有一種倖存者的感覺，美與醜，善與惡，黑與白，不安與幸福，怎麼都有些模糊了。好像活著可以呼吸就好，其他

都沒有那麼重要了。

我們似乎也習慣了這個島嶼的擁擠和喧囂，尤其是在受到病毒感染甚至死亡的威脅時，焦慮和恐懼刻意被放大。

容我用一個比喻來描述三級警戒下的台灣：

像在大雨中的森林裡奔跑的小孩，手中拿的是一把無法遮蔽暴風雨的破傘，被吹得像一株雙扇蕨。他拚命跑，渾身都淋濕了，但他似乎很習慣這樣的情況，跑也要跑得優雅一點。因為他知道自己沒有足夠的資源和靠山，還得防範四周可能出現的毒蛇猛獸。他習慣凡事只靠自己，他跑得非常快，不小心摔入一個積水的大坑洞裡。他掙扎很久，憑著求生本能終於爬出來，渾身上下都是汙泥，繼續往前狂奔。大雨洗滌他臉上身上的汙泥，他繼續奔跑，臉上露出笑容。再苦也要笑給天看，如果能跑得再瀟灑一點，更好。

三級警戒「微解封」後，山林也「微開放」的周末假日，我們來到一條由龍潭流入新竹關西的牛欄河。牛欄河曾經因為河川徹底整治，解決多年的水患，包括上游許多野溪也都採用生態工法施工，維持環境中生物可棲息的空間。在整治過後，河流中有大肚魚、羅漢魚、鱸鰻、石斑、史尼氏小鲃、原生種台灣石魚賓、粗首馬口鱲、中華鰍、台灣梅氏鯿、鰭擬鱨、鬍子鯰、福壽魚、粗糙沼蝦、黑殼蝦等二十多種。連野生的台灣中華鱉都常常在岸邊產下鱉蛋，由於這種鱉對環境水質都極度敏感，是政府整治河川成功的典範。

但是不久之後，這條「模範河流」卻陸續發生大量的魚隻死亡事件，當地的居民非常憤怒，認為是上游工廠利用下雨時排放廢水，汙染了牛欄河。由於這條河會由北向南流入鳳山溪，而鳳山溪又向西流往新埔和竹北，除了沿途的稻田外，連飲用水的取水口都會受到影響。

同樣是從龍潭流向新竹新埔的霄裡溪，就曾經因為長期被上游工廠汙染的問題無法解決，只好把取水口改在鳳山溪和霄裡溪的交會處。記得當時媒體曾經用〈霄裡溪死了〉這樣的標題來報導河川受到長期汙染的事件。最後工廠同意把排汙管封口，並且採取廢水回收的方式，處理每天三萬多噸的廢水，霄裡溪終於死裡逃生，工廠也因為廢水再利用，每天用水節省四分之三。台灣河川汙染情況一直很嚴重，不僅破壞人和土地之間的和諧關係，也摧毀了大地的倫理。

・・・・

我們把車停在東安新舊兩橋旁。古橋原名彩鳳橋，在日本時代仿日治皇宮的橋梁設計。這種古羅馬式圓弧流線五孔糯米橋，在台灣已經不多。當時領導砌石工的師傅是李鎮，他們還去錦山、金山採集色澤和紋理皆不同的五孔石，用錐度張力砌成。這座橋完工後，關西著名的陶社還向全台灣徵求詩作，可見這在當時是件盛大的事。

沿著牛欄河的右岸向南行，九十株植物栽種在有編號的水泥槽內，有柿子、蓮霧、人心果、花旗木、紫楝、鳳凰木、櫻花、樟樹、欒樹等，只有花旗木有貼上樹名。花旗木是引進的外來種，已經遍布台灣各地，這種熱帶櫻花開得又大又滿，但是凋謝時有股惡臭味，可是因為花開得燦爛繽紛，許多人趨之若鶩。

我們踩著滿地提早落下的蓮霧前進。這條河經過整治後，有了魚梯和魚道的設計，使得洄游性的魚能逆流而上產卵、覓食，尋找適合的棲地過冬，躲避災害。

有個釣客在河邊釣魚，問他能夠釣到什麼魚，他回答福壽魚。我站在岸邊看著清澈的河水，果然有一群福壽魚游過，而不遠處一隻小白鷺正守在魚梯旁，守候著奮力跳起逆流而上的福壽魚。

福壽魚又有一個比較現代的名字叫「台灣鯛」，其實就是經過改良後的吳郭魚。吳郭魚為什麼姓「吳郭」？因為一九四六年，吳振輝和郭啟彰兩人從南洋引進了十三條原產於非洲、俗稱「南洋鯽仔」或「黑鯽仔」的魚，為莫三比克種，為了紀念這兩位先生，於是改稱「吳郭魚」，所以也算是「開台第一代」的始祖。那正是日本人戰敗離開台灣，來自中國大陸的新移民陸續來到台灣的戰後時代。

二十三年後，一九六九年，一位也姓郭的水產養殖專家——郭河先生，用雌的莫三比克吳郭魚和雄的尼羅吳郭魚交配成功，推廣給各地漁民養殖，之後再度用雌的尼羅吳郭魚和雄的歐利亞吳郭魚交配成為單雄性吳郭魚。雄性吳郭魚比雌性吳郭魚體形大很多，可以降低養殖成本。

一條在河裡悠遊自在的魚，竟有如此複雜的身世。而改良後的福壽魚，也有了更具世界性的名字「Tilapia」，甚至後來被美國NASA相中作為伙食，成為全球第一條登上太空的魚。

人類真的是地球上最具創意性和毀滅性的動物，不斷改造其他動植物的基因為自己所用，難怪有「人類世」這樣的說法。人類改變地球的速度，已經足以自成一個「世」了，而我們現在也正處在大自然以它原本樣子反撲的痛苦時刻。

從牛欄河的盡頭爬上產業道路，便是牛欄河和鳳山溪的交會處「渡船頭」。清道光二十年（一八四〇年）設立「鹹菜甕渡」，「鹹菜」用日語念便是「關西」。過去這裡河水豐沛湍急，當年竹東芎林的農業產品要經過飛鳳古道，透過水路運往大溪。關西、石門、馬福、新城的木材和煤炭也要透過這個渡口來運送。現在建了一個水泥橋叫「渡船頭橋」，北岸是連接牛欄河的南雄里，因為河川整治，大樹及舊的祠廟都不見了。倒是過了橋後，南山里連接到南山大橋之處有一條渡南古道，沿線還有一些伯公樹等遺跡。

渡南古道沿著鳳山溪前進大約〇．六公里，走在視野開闊的古道上，遠眺綠色稻田和古樸的關西鎮，沿途可見麻竹林、柚子園，步道有鵝卵石山溝和護坡的古老鵝卵石砌石駁坎。鵝卵石可是有文化的，因為台灣地質在形成時，就是由高山滾落的鵝卵石加上紅土才形成桃竹苗台地。也因為環境影響，桃竹苗客家人拜石爺和石哀（「哀」是客家話「娘」的意思），閩西汀州客家人也有崇拜石頭的習俗。爸爸曾經在永和租屋時發現大門和巷子犯沖，於是寫下「泰山石敢當」的牌子掛在門口，後來才知道這是閩西客家人的習俗，也和石頭崇拜有關。

．．．．

二〇一八年，在八十二歲榮譽步道師、關西客家人羅吉榮的帶領下，渡南古道成為樟之細路的第一條手作步道，也是第一條示範的手作步道。羅吉榮示範一種已經不多見的

「紅土鵝卵石疊砌駁坎」乾砌法。這種石頭乾砌法是一種從史前時代人類便開始使用的工法，不用任何讓石頭相互黏著的塗料，使縫隙間得以排水或利於其他生物的生存，最符合和大自然共生共存。鵝卵石圓形多變又缺乏工整的平面，使得這種工法的難度增加。後來的工人乾脆用漿砌法比較有效率，也一勞永逸，卻導致鵝卵石乾砌法逐漸失傳。

羅榮吉根據經驗，用竹桿與細繩拉出斜角內傾水準線，再挑選鵝卵石，考慮不同石頭的大小和重量，如何和更多的石頭有更多的接觸面，彼此能緊密貼合形成摩擦力，創造出最大的穩定性。當他每砌一層，會將土石回填在駁砍後方，依水準線往內退縮，像一件完美的石雕藝術品。

和羅吉榮同樣得到第一屆榮譽步道師頭銜的，還有來自屏東縣三地門鄉達來部落、八十九歲的排灣族人呂來謀，以及南投縣信義鄉東埔部落、五十九歲的布農族人伍玉龍。

排灣族人呂來謀五歲時的記憶，是達來吊橋左岸的舊部落達瓦達旺裡頭，用石板蓋的家屋。六歲時，部落被三條泉水沖毀，山路被破壞，他看到日本人用石頭將山路兩旁鋪成了水路，從此他也學著用石頭鋪路，他把巨石鑿成一片片石板，採用切割的方式，用相對工整的塊石乾砌法，完成許多乾砌石駁坎和由石頭或石板鋪成的步道。

布農族的伍玉龍活躍在玉山山脈，從一座山頭翻過一個山頭，以山為家，在山中用傳統工法造路或修路，創造或修補出一條條可以回家的山路。老人家告訴他說，玉山是布農族的最後一個便當，把它保護好了，生活就沒有問題了。

他曾經為了修補一小段在高山上崩毀的山路，重新在崩塌的路段底下，挖掘可以支撐路面的岩石作為基地，然後在附近尋找一整車的石塊，把石塊敲打成可用的形狀，用竹竿拉出直線，用乾砌法一點一點堆砌重建出支撐山路的結構基底，渾然天成，看不到人工斧鑿的痕跡。

山路修好了，人也就通過了。有人是來登山的，有人只是要回家。

他曾經在高雄茂濃溪的支流拉布拉溪流域，教導布農族的傳統習俗、重建步道和山屋。他說登山不是為了證明自己的體能，而是想回歸族群和文化的自我認同，只要明白自己的生命是屬於那裡，就會珍惜並且照顧自己的生命，同時也會珍惜別人的生命，照顧別人。這是他多年來向大自然學習的智慧。

在沒能靠工程發包、大量使用重機具的年代，民間有許多國寶級的匠師，憑著經驗，考慮到地形地貌、氣候變化，把手作步道提升到工藝作品的等級。為了保留這些傳統技藝，千里步道協會便發起了「榮譽步道師」的認證活動，希望喚起社會大眾的關注。

・・・・

在大疫期間，三級警戒「微解封」時，我終於又重返步道。回程時遇到了一場突然而來的滂沱山雨，連忙躲進東安雙橋畔的車子裡，拿出早上買的紫米飯糰充飢。渾身濕透的我，想到最近正在閱讀勞倫斯・萊特（Lawrence Wright）寫的關於病毒和戰爭的小說《十月終結戰》（*The End of Octorber*），其中有這樣一段描寫：

「亨利恢復知覺時，房間裡仍煙塵瀰漫。他還活著。他的呼吸很淺。他並不覺得疼痛，但是麻木又不明所以，有一會兒他不記得自己身在何處。某個不熟悉的地方，黑色的，遭過破壞的，像是夢境。他覺得感覺遲鈍又陌生，像個十足的老人。」

我此刻的心情正是如此，十足的老人。輕度颱風「煙花」即將要來了，我想著那個拿著像雙扇蕨的破傘，在大雨中奔跑在森林中的小孩。有人為他鼓掌歡呼，並且助他一臂之力，但是，也有人趁著他摔倒在大坑洞時，再踹他一腳，並且對他冷嘲熱諷。台灣人民的歷史，一直是在毀滅和創造，掠奪和奉獻，逃離和守護中不斷前進，如同受傷的河流和重生的步道同時並存。

而一條不起眼的平凡小魚的身世呢，不也是和這座島嶼一樣是命運共同體嗎？

6 醒來的森林——苗栗大湖老官道

繼淡蘭古道中路上的溪尾寮古道之後，我陪賴副總統走的第二條步道，是樟之細路位於苗栗大湖的老官道。那是在二〇二〇年十一月二十二日，金馬獎頒獎典禮後的第二天，小雪。我起了個大早，連天都還沒亮，早餐也都來不及吃，就趕到苗栗大湖鄉栗林村四份的悠然果園。這裡有個四份水土保持戶外教室，是樟之細路的苗栗大湖老官道入口。

到達現場時，距離正式活動開始還有足足一小時。趁著大家等待貴賓們到來前的空檔，我不想浪費走入山林的機會，於是毫不猶豫轉身走入附近有山羌出沒的山林中。

一個曾經來過這裡的年輕志工帶領我走上一條環山步道，我追隨他的腳步愈走愈快。年輕志工說一小時應該可以繞著山徑走一圈，運氣好的話，還會遇到山羌，至少會聽到山羌的叫聲。

「會遇到石虎嗎？」我問志工，他笑了笑：「從來沒有遇到過。」曾經有住在大湖栗林村的農民發現有母石虎誤觸獸夾送醫急救，截肢救回一條命的事情，台三線大湖段也不斷傳出石虎被車撞死的事件，而我已經來到石虎棲地之一的大湖栗林村了。

我在石虎可能出現的森林中行走著，隨著安靜的步道逐漸進入更深的樹林中，年輕志工掏出了手機找路，因為我們似乎迷路了。晨光穿梭在林木間，四周的草地也染上一道道金光，就像是葛利格為皮爾金譜曲的〈清晨〉，長笛像是林間跳躍的金光，跟進的雙簧管像躲在樹叢裡的鳥叫，這樣的音樂是黑夜和白天之間的天籟，森林逐漸甦醒了。鳥兒看到的清晨山林應該是更多彩繽紛的，牠們的眼睛結構會隨著棲息的地方而改變，這方面，牠們比人類更進化。來到森林後，人類的敏感度不如其他動物，我們魯鈍如一顆石頭。

我想起美國博物學家約翰・巴勒斯（John Burroughs）在《醒來的森林》（*Wake-Robin*）這本書中的一段描述：

「然後我從矮樹的縫隙中，瞥見了一道閃爍的藍光。起初，我以為那是遠方的天空。再看過去，我才發現那是水。即刻，我便走出林子，站在了湖畔。我靜靜地站立著，按耐著內心的狂喜。終於找到了湖，它閃爍在晨光中，美得如同夢境。」

《醒來的森林》的原書名「Wake-Robin」，是一種百合科的植物延齡草，三朵花瓣、三片葉子，花色有純白、豔紅、粉紅，我曾經在合歡山的山谷中見過。我想到一位決心復育因人工開墾而消失的台灣百合的人——吳金樹，他曾經在大肚山買地，因為那裡是台灣百合的原棲地。另外他也在大肚山的小月谷尋找小果薔薇，並且回到台中推廣。

二○○四年，他把這樣的熱情轉向苗栗山區逐漸消失的石虎，用自己的存款買下石虎棲地的第一塊地，從此展開「愚公移山」的浪漫精神。二○一四年他更集合眾人的力量，陸續在苗栗縣的三義、苑裡、公館、獅潭、頭屋等鄉鎮，買下近十二公頃土地，守護淺山生態。在苗栗公館鄉北河路段的北河分校、錫隘隧道、尖山隧道附近，可以看到俄羅斯設計師卡佳為他們設計的四種宣導號誌。

前不久，有個路過那裡的人，看到一隻狗對著水溝狂吠，他下車去看，發現兩隻小石虎，就立即送往農委會特有生物研究保育中心照顧。那個人特別強調自己是苗栗人，所以他認得石虎。顯然在民間和政府的合作下，石虎保育已經有點成果了。

・　・　・　・

苗栗大湖老官道的活動開始了，我也從「醒來的森林」趕回到活動現場。客委會的楊長鎮主委也來了，他在許多年前就開始在桃竹苗地區整理古道山徑，常常一個人走在這些已經被野草掩蓋的小路上，很能享受走路這件事。

客家話的小路就是「細路」，滿山遍野的樟樹養活了這裡的人，充滿詩意的「樟之細路」之名便是這樣誕生的。樟之細路也有一個充滿詩意的英文名字「Raknus Selu Trail」，「Raknus」是結合泰雅、賽夏族語的樟樹名稱。目前在各部門通力合作下，已經先完成六段具有代表性的道路，建立這條全長兩百二十公里的樟之細路脈絡。

大湖老官道是清朝末年往來大湖和卓蘭之間的重要道路，起自南湖壢底寮，沿山稜線而行，終於卓蘭豐田，原來是漢人用來限制原住民出入的隘勇線，日治時期則被修築為保甲路。沿路多為次生林的植物林相，偶爾會遇到濃密的桂竹林，也可以找到過去遺留下來的駁坎和路緣等結構，還有紀念挑夫被原住民出草的紀念碑。曾經有位平埔族的學者說，「浪漫台三線」其實真的是有「三條線」，除了現在的公路外，另外兩條是充滿原住民被迫遷移血淚史的隘勇線。

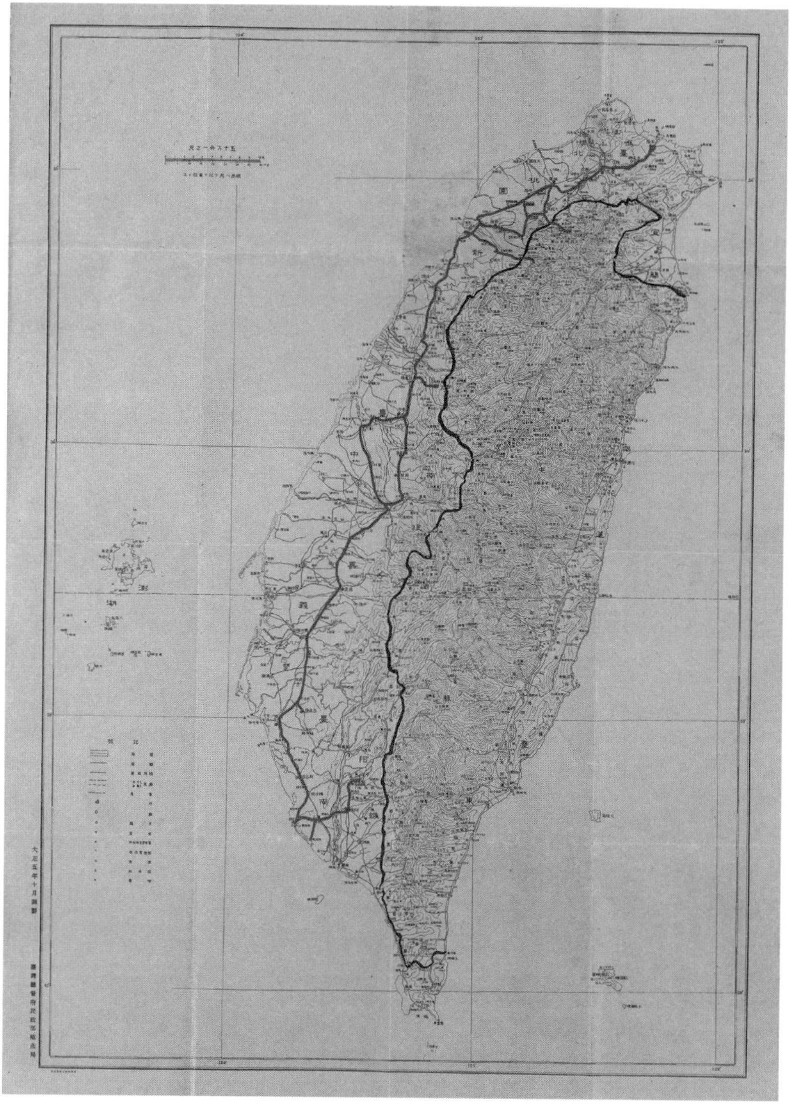

一九一六年台灣總督府民政部殖產局繪製。圖中兩條主線為清朝統治下劃定的土牛溝，代表了漢人不斷向東開墾的範圍。

在美國全力推動國家公園運動的約翰・繆爾（John Muir）曾經提出一個看法，他認為土地原本就是屬於大自然的，萬物在此共存共生，誰都沒有權利擁有土地。他最為後人津津樂道的一件事情，就是陪著美國老羅斯福總統去優勝美地露營，讓一個擁有權力的統治者真正體驗大自然之美，了解保護大自然不被人類破壞的重要性。結果老羅斯福終於在最後任期內啟動了最大規模的國土保育行動，設立了五座國家公園、十八座國家保護區和五十五個鳥類與野生動物保留地。當美國在上個世紀一九三〇年代面臨經濟大蕭條時，他的兒子小羅斯福總統推動一個擴大公共建設的政策，號召三百多萬年輕人組成公民保育團體，上山修築山徑古道，阿帕拉契山徑便是在這個歷史性時刻串連起來的。

當我走進森林裡，總是會想起那些環境保育的先驅人物，和正在挽救環境生態的勇士們。在保護大自然的這條路上，台灣起步得很晚，但是只要有所覺醒，一切都還來得及。

7 來自鳴鳳古道的老鄰居

我們有個住在同一幢老公寓三十多年的老鄰居，平常不做生意的時候，她就開著用來載貨的車子，載著老公四處遊玩。她來自苗栗頭屋鄉鳴鳳村的客家農家，從山谷裡的家走到鳴鳳國小大約要半小時，走到獅潭國中則要一個半小時。從頭屋的鳴鳳國小走到獅潭的獅潭國小的山路，正是樟之細路中著名的鳴鳳古道。這是當年頭屋鄉和獅潭鄉居民往來的唯一山路，更早之前是賽夏族人狩獵之路。我們為了接近大自然而蹽溪過嶺走古道，對她而言，卻是每天來回走三小時的上學之路。遇到新店溪的溪水暴漲時，老師還會教孩子們手拉手小心謹慎地跨過溪流。

或許是這些每天花三小時走山路上學的經驗，使她對於距離的概念，和成長在都市的人很不一樣。有時候她只是想買剛剛採摘的新鮮水果或蔬菜，可以立刻開車上路跑一趟卓蘭；想要買些現捕的魚蝦就跑一趟南澳，然後會順便替鄰居朋友們買。她笑瞇瞇地說：「反正邊走邊玩，我就是喜歡玩。」我們大張旗鼓籌畫的旅行，卻只是她的生活日常。她熟知花草樹木的名字，問她是如何辨識的，她微笑地說，天天生活在一起像鄰居一樣，就是認識啊。她不需要用百科全書或是植物圖鑑來辨識這些鄰居。

在認識她三十五年之後，終於有機會追隨著她，去探訪她每天的上學之路「鳴鳳古道」。我們兩家人各自準備一些簡單的食物，她依舊駕著那輛上山下海、跑遍台灣每個角落的車子在前方帶路，我們緊跟在後面。一前一後兩輛車往苗栗頭屋、造橋、明德水庫方向駛去，沿著苗二十二縣道逐漸進入鳴鳳山區。

桐花季已經過了，沒有花的樹後面都是煉油廠。在五公里處停下來，她指著一條小徑，開始描述她不可思議的童年。

過去這裡有煤礦可以開採，後來玻璃工廠來此處開採白砂礦，一點一點向內挖，最後他們就搬出來了。那時候她從山谷中的家爬上來，唯一的交通工具是挖礦的卡車，她偶爾會搭卡車上下山。當時苗二十二線只是一條小山路，路上有家小小的柑仔店，如果可以吃到一個包著細砂糖的包子，會是一天中最幸福的事。上學前，她要先挑著自己家種的橘子、茶、筍等農作到山下賣，之後再走鳴鳳古道去獅潭上學，走得快一點，來回也得花三小時。

在六・五公里處，有個牌子上寫著「鳴鳳村五鄰」。她指著路旁的屋子說這附近的人都姓涂，是涂家伙房；更下面的都姓賴，是賴家伙房。她說客家人的伙房不只是廚房的意思，而是父系社會的血緣宗族加上房屋財產的概念。

如同我媽媽的家鄉在閩西連城，住所叫「三斯堂」：「歌於斯，哭於斯，聚族人於斯。」一大宅院兩大廳貼著清朝科舉時代考上舉人的捷報，兩邊廂房住著十幾戶分居有血緣的族人。真正的活動空間是大廳和廂房之間的走廊，連結廚房和餐廳，因為那是生存和生活的空間，所以才叫伙房。

嗚鳳古道的入口處有一個氣勢雄偉的雲洞宮，這裡正好是頭屋和獅潭的折返點：嗚鳳村東三湖六鄰二十號。她就讀的嗚鳳國小的舊校舍就在雲洞宮後方，最近已經被挖空。或許是因為雲洞宮要擴建，所以後方神壇暫時移往旁邊，原本神壇的位子現在是一片山林，有點魔幻寫實的感覺。

雲洞宮的前方有個後來才搭建的鳳翔亭。她四處張望了一下，幽幽地說：「就是這裡了。」雲洞宮旁邊有個很不起眼的、已經被草覆蓋的一段石階，這才是她真正走入古道的起點，只有她知道。

古道上有久別重逢的百年相思樹，有久別重逢的老茄苳樹、久別重逢的巨石，還有久別重逢的獅潭新店溪。半個世紀過去了，當年這個嗚鳳小學第十屆的學生，長得白白淨淨的，漂亮又聰明，常常代表學校參加各種比賽。然後半個世紀像山風一樣過去了。

「就是這裡了。」她的聲音在風中飄著，她的意思是我們可以坐在這裡休息一下，吃個中餐。她帶來了紅豆鹼粽，以及用月桃葉包著、內餡是菜脯加魚鬆的粿粽、魚腥草茶，我們則提供了自己做的茶葉蛋和特別為此行買的銅鑼燒及葡萄。蟬聲在巨竹林間起起落落，有一隻像是台灣畫眉的鳥，在老樟樹上唱歌。這是一個會有石虎、鼬獾、白鼻心、食蟹獴出沒的美麗山丘，甚至還會出現稀有的八色鳥、環頸雉，但隨著一波又一波建造水庫等開發聲浪不斷，未來消失的不只是山谷中的農家和小學，還有代代繁殖和傳承的動物。

我一直相信不同的生態環境會培養出不同的物種，不同的社會制度也會培養出不同思維和習慣的人類。奧爾多・李奧帕德（Aldo Leopoldo）在他的著作《沙郡年紀》（*A Sand County Almanac*）中有這樣一段話：

「有些鳥也只有在沙地郡縣才能發現，原因有時易於推測，有時很難猜想。泥色雀鵐在那裡，顯然是因為傾心於北美短葉松，而短葉松迷戀著沙地。沙丘鶴在那裡，顯然是因為喜歡僻靜。而在別處已經沒有僻靜之地了。但是為什麼秋鷸喜歡在沙地區築巢呢？因為地面如果長滿盤根錯節的濃密植被，牠（雄鷸）就不容易展露風采。」

我們已經失去了那麼多東西，到底還剩下什麼呢？

「還有什麼想去的地方？」當苗栗古道的行程即將結束前，老鄰居問我。

「我們走一趟錫隘隧道就回台北吧。」我說。我想看吳金樹在北河村集資買地保護石虎的地方，結束我心中圓滿的樟之細路朝聖之旅。

8 石虎的童話故事

一個有風的下午，陽光柔和溫暖，我們完成苗栗大湖、頭屋、公館、獅潭之間的古道之旅。去馬偕牧師行醫的龍眼樹朝聖一下，再買了仙山仙草，動身返回台北。從獅潭走苗二十六縣道穿越一一四五公尺的錫隘隧道，往公館的苗二十六之二鄉道，這裡就是從二〇〇四年開始，用退休金買地救石虎的吳金樹，集資在北河村建立北河園區的路段；二〇〇四年也是錫隘隧道歷經八年打通了大窩和三湖的山後，正式通車的時候。

我不知道這兩件事情發生在同時，究竟是不是巧合，但是這卻再一次印證了，人類不斷的開發雖然縮短彼此往返連結的時間，也阻斷原本生活在山林裡的動物移動和連結。

沿著苗二十六縣道及二十六之二鄉道而行，沿途可見有石虎出沒的警告標誌，也見到一些圍籬。沿途的道路非常開闊，山依舊瀰漫著大雨過後的翠綠。想到這個世界總是會有愚公移山的人，約翰藍儂那首因為二〇二〇東京奧運而再度傳遍全世界的歌〈Imagine〉，悠悠蕩蕩地響了起來。

You may say I’m a dreamer
But I’m not the only one
I hope someday you’ll join us
And the world will be as one

沿途我也回憶起千里步道運動發起的二〇〇六年，我去屏東科技大學找研究石虎的朋友裴家騏，他當時和他的學生陳美汀，在苗栗進行一個由林務局支持長達四年的石虎分布調查計畫，結果顯示苗栗是目前台灣石虎族群最多又最穩定的區域。其中最密集的地方，是後龍往南經西湖鄉、通霄到苑裡鎮，往東經銅鑼三義、大湖到卓蘭的淺山地區。而且研究發現，石虎的活動區域是以私有土地居多。

就是在那次見面，他提出了我從來沒有想過的論點：「石虎的存在，和過去客家人的生活息息相關。所以未來如果要使石虎保育能夠有成效，必須找到新的共存方式，例如發展有機農業，還有加強產業和當地社區的互動。」目前石虎在苗栗淺山地區的活動範圍，因人為開發而受到壓縮，棲息地也破碎化。台灣石虎最大的天敵，正是不斷想要繼續在這淺山地帶開發建設的人類。

當雲豹從台灣的土地上澈底消失後，台灣唯一僅存的野生貓科動物石虎，終於受到民間團體和政府的重視。二〇〇八年石虎從原先「珍貴稀有」的二級保育類提升為第一級「瀕臨絕種」保育類。八年後（二〇一六年），陳美汀連續三年針對台中的石虎分布做了深入的調查，得到一個很重要的結論：台中在和平、東勢、新社交界的淺山地區，沿著太平一直到霧峰，隱約已經形成了一條石虎活動的帶狀廊道。可見台中市也成為連結苗栗、南投石虎族群和基因交流的關鍵區域。

二〇一五年，台中為了要選擇國際花博的展覽場地而來到后里，發現了石虎。於是當時林佳龍市長決定縮減后里的展覽區域，留下石虎的棲息地，另外再找外埔、豐原來填補不足的展覽空間。二〇一八年他率先提出《石虎保育自治條例》，這是台灣石虎保育進入政府部門的里程碑。

從二〇〇六年千里步道運動啟動之後，我也密切注意到台灣僅存不多的石虎族群的命運。西部淺山地區從未間斷的開發、台三線周邊道路的路殺威脅，加上遍布山區的捕獸夾、有毒的食物，還有密集的果樹林、平坦的茶園，使得石虎有從西北的平地淺山向東南方向移動的「可能性」，這是我從不同時期、有限的調查研究報告中得到的推測。而遷徙的路徑，是向樟之細路的古道方向靠近的，例如苗栗公館鄉出磺坑到大湖法雲寺的出雲古道、台中東勢與和平區交界的穿霧隘勇古道。這樣的遷徙，意味著樟之細路所串聯出來的綠色廊帶，對牠們而言是相對安全的。

從出雲到穿霧，甚至到太平、霧峰，連成一片石虎棲息的千里森林，也是石虎的家。這樣的說法或許不一定是科學的，卻是很童話的。我一直喜歡用童話來解釋我面對的世界，就像這些年讓許多人喜歡上石虎的原因，也都是出自於那些動人又真實、像童話般美麗又殘酷的故事：被斷肢的母石虎在友善人類的照顧治療下，繼續扮演好母親的角色，懷孕生下可愛的寶寶，除了哺乳外，還教牠們在野地生存的方法。而那些在人類和母親照顧下成長的石虎寶寶，一隻又一隻重返危機四伏的森林，步上冒險之旅。這是一個為了追求族群存續而奮鬥的童話故事。

蹺家的飛飛為什麼蹺家？是不是想回芎林的飛鳳山尋找她的孩子？

紀錄片《大地的孩子》中的集利和集寶兄妹，後來的發展又是什麼呢？

害羞的小魚和堅強的平平，他們的三個寶寶貓雄、貓攬、貓控的故事才剛剛開始，送去特生中心進行野放計畫的貓雄、貓控兄妹又會發生什麼故事呢？

那隻在南投民間鄉水溝裡撿到、一直哭鬧不停的大野，長大後成功野放，有沒有找到他的家人？

只剩三隻腿，但是經過評估之後仍然可以在野地生活的大三，現在如何了呢？

野放後，連續三年在山林間懷孕三次、成功哺育五隻幼虎的阿嵐呢？她會不會想念曾經和她建立了深厚情誼的「石虎媽媽」陳美汀呢？

每隻重新野放回森林野地的石虎，在離開籠子後，都要提醒牠們：不要回頭看，不然就會真的變成一個石頭虎喲。或許，有一隻石虎從野地走出來被一輛超速的車撞死了；麥克風變成了一個大石頭擋在路上，人類用各種方式都無法移動它，然後……

這正是童話的開始。其實，當我們動了念頭想要做一件很浪漫的事，像是發起千里步道的運動、辦一所體制外改變學習方式的學校，這不也是一個又一個童話故事嗎？只是發生在真實的世界中。

最近我讀了年輕作家徐振輔的《馴羊記》，這本描述他去青康藏高原追尋雪豹的足跡，了解西藏人所經歷的悲慘世界。書中有一句話：「豹子對你而言是什麼？」於是他完成了小說。

我終於明白自己為什麼念念不忘十九歲時，和初戀情人一起看的那兩部電影《雪山盟》《落花流水春去》，因為它們正是我後來人生中無法逃避的命運。已經滅絕的雲豹和逐年減少的石虎，會使我聯想到《雪山盟》那隻死在山頂上的獵豹，還有《落花流水春去》裡終究無法改變命運的白癡查理。他們在無法扭轉的殘酷命運中踽踽獨行，那些曾經短暫出現的希望和曙光，引領他們繼續前進，編織出一個個浪漫但瞬間消失的童話。或許有一天，我們又在雪霸國家公園的一座山上，看到一隻從苗栗大湖鄉向東遷徙而來的石虎，我們會問牠「為什麼出現在這裡？」就像海明威在《雪山盟》的原著小說中所提出的問題。

受傷的河流，破碎的土地，消失的童話。我又想起在暴風雨中狂奔的小孩。我曾經為客家兒童音樂劇《雨馬》寫了一首主題曲，現在我想把其中兩段歌詞送給這個名叫台灣的小孩。

親愛的孩子，我好想好想陪伴你翻山越嶺
走遍沒有人走過的小路
看遍沒有人見過的美景

然後一起坐在山頂
你躺在我的懷裡
靜靜聆聽雲飄過的聲音
靜靜看著風吹過的顏色

親愛的孩子，我好想好想陪伴你飄洋過海
飄流到一個又一個無人島嶼，穿越過一個又一個神祕森林
在每個停靠的港口
你躺在我的懷裡
直到月亮下山
直到太陽出來

附錄

小野帶路走讀

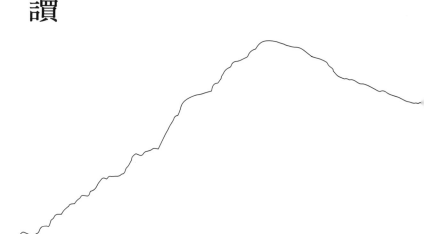

新手推薦路線

步道

路線名稱——淡蘭南路起點（富陽生態公園至福州山第一條手作步道）

路程時間——徒步約一小時

路程規畫——捷運麟光站→富陽生態公園入口→福州山公園→福州山手作步道（可折返，或沿福州山步道下山。進階路線為往下銜接中埔山步道）

適合對象——親子共遊、長輩樂活

富陽生態公園入口處的軍事涵洞遺址

路線簡介

這是一條兼具歷史、人文、生態、保育的步道，也是淡蘭古道南路的山徑起點，更是象徵台灣山徑古道從軍事管制到開放的經典路線。

在一九九四年前，這裡為軍事管制的廢棄彈藥庫，於一九九七年起由荒野保護協會與台北市政府等單位進行規畫。二〇〇六年十月以自然保育生態的森林公園面貌，開啟台灣「公園生態化」的進步思想。同一年春天，千里步道運動也以「重建土地的倫理」作為號召，希望藉由步道、山徑、古道、水道的串連，喚起民眾對自己土地的關懷和認同。二〇一二年初，千里步道協會在台北市政府及當地民眾的協助下，於福州山公園完成了台北市第一條具示範意義的櫻花手作步道。

每個人心中都會有一條使自己安身立命的步道。我曾經在這條步道上陪媽媽走完她人生最後的一哩路，陪她在這條步道上看螢火蟲。這是我心中最多記憶和情感的步道，走起來非常輕鬆、自在又舒適，有一種回到自己家的安全感和歸屬感。

位於新店溪右岸的寶藏巖國際藝術村

水路

路線名稱——淡蘭水路（新店溪右岸自行車道至木柵動物園）

路程時間——騎自行車約二．五小時～三小時

路程規畫——萬華桂林水門↓華江雁鴨公園↓馬場町紀念公園↓寶藏巖國際藝術村↓捷運木柵動物園站

適合對象——鐵馬半日遊

路線簡介——

這段歷史上的水路，藉由沿著淡水

河、新店溪和景美溪建構完成的河濱自行車專用道，我們可以透過騎自行車，非常輕鬆且一目瞭然地看到台北這座城市的歷史脈絡。像是桂林路的水門外街道，正是最早的移民落腳之處，有信仰的中心——龍山寺、青山宮，也有馳名國際的華西街夜市。這正是我的童年記憶，一個老台北人的生活。

從華江雁鴨公園出發，如果是冬天，沿途可以看到許多避冬的候鳥。過去因為堤防的阻隔，我們幾乎遺忘了這些和我們同樣依賴這片土地為生的遠方友人。

到了馬場町紀念公園，不妨停下來看看過去發生在我們島國上的歷史，我會繞著中央的土丘三圈表示敬意。一路南行，有歷史，也有正在進行中的未來，像是新舊對照的中正橋和其舊名川端橋。

到了寶藏巖，也不妨停下來，進去看看台北市唯一沒有河堤的河濱歷史建物。這裡住著老居民、藝術家和一所由我當校長的學校。再往南走，就會找到台北幾條水圳的路線了。水路的盡頭會接上淡蘭古道的深坑、石碇、坪林路段，一路通往宜蘭。

我心目中最理想的城市脈絡，便是透過步道、水路、古道和圳道，形成一個新舊古今對照的網路，不只是為了交通，更是為了共同的記憶和歷史的存留。這條淡蘭水路便是我們了解歷史的第一步。

暖東峽谷的奇特景觀

古道

路線名稱——淡蘭中路起點（基隆暖東峽谷步道）

路程時間——徒步約四十分鐘

路程規畫——客運暖東峽谷站↓暖東峽谷步道入口廣場↓大菁農場

適合對象——親子戲水、全家同遊

路線簡介

基隆的暖暖是個充滿歷史故事的地方。這裡正是淡蘭古道中路的起點，也是當年基隆河水路的終點。

由石英砂岩和頁岩形成的暖東峽谷雨量充沛，森林保持非常原始的林相，生態豐富多樣。沿峽谷峭壁而行，沿途皆是清澈的溪流和瀑布，其中最著名的便是「滑瀑」：頁岩層長期被雨水侵蝕後滑落，露出了砂岩表面，形成水道，極為壯觀。沿峽谷而行時，可見昔日原住民放在岩石縫內的祖先骨灰罈。

這片面積有四十四公頃的峽谷地區，在二十年前曾經有個委外經營的「暖東峽谷森林遊樂區計畫」，後來因為脆弱的地質經不起大自然的考驗，山林常常崩毀，終於在二〇二一年夏天正式宣布終止開發計畫，一切回歸大自然的原點。暖東峽谷步道終於以原始面貌，成為國家綠道的起點。最近千里步道協會也參與了其中一條「一二〇階」古道的修復工作，恢復山林原本的面貌。

善待脆弱的山林，把所有人工設施減到最低，使荒野得到保護。我推薦這一條古道給初學者，因為這是大自然花了二十年的時間，為我們上了一堂最寶貴的課。

延伸書單

Chapter1

1. 戈馬克・麥卡錫（Cormac McCarthy、二〇一九年）。《長路》（*The Road*）。毛雅芬譯。麥田
2. 凡頌・居維里耶（Vincent Cuvellier、二〇〇六）。《相愛從零開始》（*Kilometre Zero*）。于光雅譯。馬可孛羅
3. 艾琳・凱爾（Aryn Kyle、二〇〇八）。《動物之神》（*The God of Animals*）。呂玉嬋譯。木馬文化

Chapter2

1. 丹尼爾・笛福（Daniel Defoe、二〇二〇）。《魯賓遜漂流記》（*Robinson Crusoe*）。謝濱安譯。自由之丘
2. 赫曼・赫塞（Hermann Hesse、二〇一三）。《流浪者之歌》（*Siddhartha*）。柯晏邾譯。遠流
3. 阿道斯・赫胥黎（Aldous Huxley、二〇二一）。《美麗新世界》（*Brave New World*）。逗點文創結社
4. 區紀復（二〇〇〇）。《簡樸的海岸》。晨星
5. 區紀復（二〇〇三）。《體驗貧窮》。晨星
6. 區紀復（二〇〇三）。《新靈修團體體驗之旅》。光啟文化
7. 區紀復（二〇〇六）。《走向阿瑪遜》。華宣
8. 區紀復（二〇一八）。《鹽寮淨土》。晨星

Chapter3

1. 史懷哲（Albert Schweitzer、一九八九）。《原始森林的邊緣》（*The Primeval Forest*）。余阿勳譯。志文
2. 海明威（Ernest Hemingway、二〇二〇）。《老人與海》（*The Old Man and the Sea*）。李毓昭譯。晨星
3. 小野和家人（一九九一）。《星星俠》。皇冠
4. 小野和家人（一九九一）。《球球星座》。皇冠
5. 林克孝（二〇〇九）。《找路：月光・沙韻・Klesan》。遠流

Chapter4

1. 費爾南多・佩索亞（Fernando Pessoa、二〇一九）。《不安之書》（*The Book of Disquiet*）。劉勇軍譯。野人
2. 台灣千里步道協會（二〇一六）。《手作步道》。果力文化

Chapter5

1. 徐銘謙（二〇一五）。《我在阿帕拉山徑》。行人
2. 楊南郡（二〇〇五）。《阿里山鄒族步道系統——人文史蹟調查報告》。行政院農業委員會林務局
3. 莎拉・貝克斯特（Sarah Baxter、二〇一七）。《寫下歷史的世界500步道》（*A History of the World in 500 Walks*）。陳正益譯。積木文化

Chapter6

1. 平路（二〇一一）。《婆娑之島》。商周出版
2. 阿伯特（Albert Herport、一六六九）。《東印度旅遊見聞》（*Eine Kurtze Ost-Indianische Reisz-Beschreibung*）。Sonnleitner出版。（本書為國立台灣歷史博物館藏品，有中譯如下：周學普譯（一九五六）。〈台灣旅行記〉。《台灣經濟史三集》，頁一一二至一一七。台灣銀行經濟研究室。書中從四〇至一〇五頁為有關台灣部分。）

Chapter7

1. 陳冠學（二〇一八）。《田園之秋》。前衛
2. 陳冠學（二〇一八）。《父女對話》。三民
3. 黃徙（二〇二〇）。《迷魂芳》。遠景

Chapter8

1. 修・普萊瑟（Hugh Prather、一九七六）。《冥想手記》。陳守美譯。楓城出版社
2. 赫拉巴爾（Bohumil Hrabal、二〇一六）。《過於喧囂的孤獨》（*Příliš hlučná samota*）。楊樂雲譯。大塊文化
3. 張坤城、程怡嘉（二〇二〇）。《以阿里山之名植物圖誌》。行政院農業委員會林務局嘉義林區管理處

Chapter9

1. 吳念真（二〇〇七）。〈一〇二號公路〉。中華電信基金會。檢自http://www.clicktaiwan.com.tw/tour/promote/pro1/f_62.jsp（二〇二一年九月九日閱覽）
2. 吳明益（二〇一一）。《天橋上的魔術師》。夏日出版
3. 小野（二〇一二）。《魔神摸頭》。東村出版
4. 零雨（一九九六）。〈昨天的博物館〉。《特技家族》。現代詩
5. 零雨（二〇一六）。〈頭城〉。《田園／下午五點四十九分》。小寫創意
6. 台灣千里步道協會、古庭維、白欽源、吳雲天（二〇一九）。《淡蘭古道北路》。晨星
7. 吳永華（二〇一九）。《貂山之越》。行政院農業委員會林務局

Chapter10

1. 小野和家人（一九九一）。《雨馬》。皇冠
2. 小野和家人（一九九四）。《寶莉回家》。皇冠
3. 馬偕（二〇〇七）。《福爾摩沙紀事》（*From Far Formosa*）。林晚生譯。前衛

4. 李喬（二〇〇一）。《寒夜三部曲》。遠景
5. 吳濁流（一九九三）。《亞細亞的孤兒》。遠景
6. 勞倫斯・萊特（Lawrence Wright、二〇二一）。《十月終結戰》（*The End of October*）。新經典文化
7. 約翰・巴勒斯（John Burroughs、二〇一九）。《醒來的森林》（*Wake-Robin*）。長江文藝出版社
8. 奧爾多・李奧帕德（Aldo Leopold、二〇一五）。《沙郡年紀》（*A Sand County Almanac and Other Writings*）。果力文化

國家圖書館出版品預行編目（CIP）資料

走路.回家：小野寫給山海的生命之歌/小野作.
-- 初版. -- 臺北市：今周刊出版社股份有限公
司, 2021.10
272面；14.8×21公分. -- (焦點系列；17)
ISBN 978-626-7014-13-4(平裝)

863.55　　110012385

焦點系列017
走路・回家：
小野寫給山海的生命之歌

作　　者　小野
責任編輯　李韻
校　　對　小野、蔡緯蓉、李韻
副總編輯　鍾宜君
行銷經理　胡弘一
行銷專員　林律涵
封面設計　謝佳穎
地圖插畫　湯舒皮
內文排版　菩薩蠻數位文化有限公司

發 行 人　梁永煌
社　　長　謝春滿
副總經理　吳幸芳
副 總 監　陳姵蒨

出 版 者　今周刊出版社股份有限公司
地　　址　台北市中山區南京東路一段96號8樓
電　　話　886-2-2581-6196
傳　　真　886-2-2531-6438
讀者專線　886-2-2581-6196轉1
劃撥帳號　19865054
戶　　名　今周刊出版社股份有限公司
網　　址　http://www.businesstoday.com.tw

總 經 銷　大和書報股份有限公司
製版印刷　緯峰印刷股份有限公司
初版一刷　2021年10月
初版五刷　2021年11月
定　　價　360元

Focus

Focus